东家火·西家烟

水孩儿◎著

中国出版集团公司
華文出版社

图书在版编目（CIP）数据

东家火·西家烟 / 水孩儿著. —北京：华文出版社, 2023.2

ISBN 978-7-5075-5597-4

Ⅰ. ①东… Ⅱ. ①水… Ⅲ. ①长篇小说 - 中国 - 当代 Ⅳ. ①I247.5

中国版本图书馆CIP数据核字（2022）第005499号

东家火·西家烟

著　　者： 水孩儿
责任编辑： 雷　平
出版发行： 华文出版社
地　　址： 北京市西城区广外大街305号8区2号楼
邮政编码： 100055
网　　址： http://www.hwcbs.cn
电　　话： 编辑部010-58336277　发行部010-58336202
总编室010-58336239
经　　销： 新华书店
印　　刷： 济南精致印务有限公司
开　　本： 880 × 1230　1/32
印　　张： 5.5
字　　数： 124千字
版　　次： 2023年2月第1版
印　　次： 2023年2月第1次印刷
标准书号： ISBN 978-7-5075-5597-4
定　　价： 58.00元

前　言

在青龙河畔，有一个小村子，名叫吴代庄村。姓代的人家自打商朝末年就居住在这里，村子在当时也叫作代庄村。

到了明末清初，有姓吴的叔侄俩从山西洪洞县大槐树下逃荒到这里，叔叔在代庄村扎根，侄子在几十里外的另一个村子落脚，从此代庄村里面便有了异姓。

再后来，吴家出了一个文武双全的人物，后人叫他老祖宗，这个人就是当时被称为铁嘴钢牙的吴凡。

关于吴凡，村子里流传着这样两个故事，一是铁嘴钢牙名号的由来，二是吴代庄村的由来。

据说，吴凡是康熙皇帝老师的老师。他足智多谋，能文能武，深得皇上喜爱，在朝廷里难免遭人嫉妒，也时常有大臣在皇上耳边说吴凡的坏话。

一次，皇上大宴群臣时，拿尖刀扎起一块肉，问吴凡："爱卿，朕赏你一块肉，你敢吃吗？"

吴凡说："皇上赏的，臣肯定要吃呀。"

皇上一笑，拿起尖刀便向吴凡扔过去，只见吴凡张开嘴，听得"咔嚓"一声，将尖刀咬断，吐到一旁，然后将肉吃到嘴里，咀嚼几下便吞了下去。

皇上见了，忍不住竖起大拇指，道："爱卿真是铁嘴钢牙啊！"

吴凡见状，马上跪谢："谢主隆恩。"

“铁嘴钢牙吴凡”的名号由此而来。而大臣们经过此事以后，再也不敢在皇上面前胡说八道了。

有一次，皇上带大臣们狩猎，来到代庄村，因皇上对吴凡宠爱有加，便让他跑马圈地，把这个村子赏赐给了吴凡，从此村子就变成了吴代庄村。

青龙河水滋养着这片土地，吴代庄村从最初的几十人变成了两千人的村庄。吴家人成了村里的大户，代姓居二，村里后来又有了姓刘的、姓王的、姓李的和姓张的……

吴家祖上有德，祥瑞之气遍地，子孙昌盛，世代都有文人墨客，吴家坟也被称为是“先生家坟”，可是，到了清朝末年，太爷爷因假传圣旨而被皇上下旨满门抄斩，也有人说是因为太爷爷触犯了神灵遭到诅咒。

1976年，举世震惊的唐山大地震将吴代庄村变成一片废墟，村里的人们在废墟上重建家园，那年，我不到两岁。

一晃近半个世纪过去了，这个村子现在怎么样了？吴家是否打破了诅咒？

谨以此书献给我的村庄，献给我的祖辈父辈，献给在这片多灾多难的土地上依然坚强活着的人们。

烟火寻常和时间流逝的平淡与传奇

文/王芳

水孩儿的每一部小说似乎都踩在了疫情的节点上，从已经出版的《二月或雨水/封城记》《忽然而已》到即将出版的《东家火西家烟》。

早在今年4月份，水孩儿约我写序，我既没答应也没拒绝。一是因为精力时间实属不够，反复的疫情让我有了时间又没了心情；二是我之前已经为她的前两部小说写了序，再写怕写不出什么。

前几日正好2022年度诺贝尔文学奖揭晓，法国女作家安妮.埃尔诺成为诺奖得主，翻看其作品，她的小说《悠悠岁月》被评价为“草根民间史”，不像自传的“疑似自传”“无人称自传”，这一点水孩儿的非虚构，自传体写作手法与之及其相似，《东家火西家烟》与《悠悠岁月》在写作视角上也有些相近，由时间、记忆，回忆构成，所以就又尝试提笔为《东家火西家烟》写点儿什么。

和《二月或雨水：封城记》《忽然而已》相比，水孩儿的《东家火西家烟》少了以往作品中比较明显的小资与小女人情调和焦虑不安甚至有些自恋的情绪，开始真的关注人间烟火，深入到草根阶层那些小人物之中了。

作品里面描写的青龙河畔吴代庄村是一个在唐山大地震中成为废墟的村子，像马尔克斯《百年孤独》中在洪水中消失的马孔多一样，虽然吴代庄震后重建完全成为一个新的村庄，但是过去和历史的记忆混合纠缠在人们的生活之中，小说的生活场域和情景具有较为浓郁的乡土气息和人间烟火的磕磕碰碰、矛盾纠葛，以及悲欢离合。

《东家火西家烟》并没有多少宏大叙事，都是些琐碎而平凡的人和生活细节，包括家史甚至野史，一些突如其来，莫名其妙的事件，这些都来自于故乡的乡土历史记忆和现实生活。有自家祖父，父亲，母亲、哥哥，有代大爷，刘大爷一家人，以这几个家族几代人的生活为线索构成人间众生相,有悲有喜，也有不悲不喜，有传奇诡异，也有平淡如水的日子，展示的是历经历史变迁的生活状态，原生态。

小说共三十章，每一章相对的是一个独立的叙事单元，以 " 我 " 的叙事视角像是讲述每一个家庭泛黄的全家福老照片上每一个家族成员背后的故事，文笔游走在这些东家大爷西家大娘的真实生活中，作者就像一个挨家串门的小姑娘，东家出来西家进，极具镜头感和年代感。镜头中有原始与现代交错，历史与现实交错的生活，有吃喝拉撒，有婚丧嫁娶，有乡村不是爱情的爱情，不是婚姻的婚姻，比如换亲，冥婚等，有疾病与死亡，有暴力与犯罪，有中了魔咒般的荒诞与诡异事件。东家与西家撕扯的生活，剪不断，理还乱，这本身就是乡村生活的常态化。

《东家火西家烟》也算得上是一部“草根民间史”，水孩儿儿本身就是一个从唐山吴代庄走出来的草根作家。写她熟悉的生活，熟悉的场景，熟悉的人应该是轻车熟路，关键就看怎么驾驭了。

相对于她之前的小说，作品中出现的人物更加丰富，形象也多元化了，注重了故事性，拓宽了写作的时间和空间，有了时间的跨度和历史的跨度。由过去小说的自我中心而转为自我虽在其中，他人成为主角。

当然，如果水孩儿像埃尔诺一样在叙事中自我再冷静一些，加入议论、抒情，新闻报道式的多样化手法会更能突出非虚构小说的张力。作品从结构上如果再对章节进行整合梳理会更好一些。

瑞典学院常务秘书马茨·马尔姆在埃尔诺颁奖词中说，是因为“她用以揭示个人记忆之根源、疏离和集体抑制的勇气和临床敏锐度”而获得诺贝尔文学奖的。她获奖时已经82岁高龄。

水孩儿与之相比相差近34年，她可以有30多年或更多的时间历览人生，写作、思考，有待于在细琐生活中去历览活动壮大的人生，浸透对社会，对历史，对人性更加敏锐的洞察，更深入的剖析。

曹雪芹的《红楼梦》也写的是大观园日常生活，但写出了百科全书，写出了史诗的高度。烟火是生活的惯常，开门七件事，柴米油盐酱醋茶。我们需要写人间烟火的作品，更需要透过烟火看到世界的纷繁复杂，生存的艰难与美好，时间流逝的平淡与传奇。

正如埃尔诺在她的作品在中国出版时致中国读者时所言：我最大的希望是我的小说《悠悠岁月》——译成你们的语言使我充满喜悦——能使你们，中国朋友，接触一种法国人的记忆。一个法国女人的、也是和她同一代人的人所熟悉的记忆，从第二次世界大战直到今天的记忆，在各种生活方式、信仰和价值方面，比他们几个世纪里的祖先有着更多的动荡。一种不断地呈现一切事件、歌曲、物品、社会的标语口号、集体的恐惧和希望的记忆。它根据对从童年到进入老年的各种不同年龄所拍摄的照片的凝视，同样勾勒了社会的进程和一种生活的内心历程。在让你们沉浸于这些你们也经历过——也许不一样——的岁月的时候，愿你们能感到，其实我们完全是在同一个世界上，时间同样在无情地流逝。

期待沉淀下来的水孩儿能够写出更有深度和广度的属于中国人的一部《悠悠岁月》。

目录

CONTENTS

第一章　天谴

吴家大院墙外那棵柳树越长越粗，可是，却不见枝繁叶茂，几搂粗的树干上是几个光秃秃的貌似被折断的枝丫。

我曾问爷爷，这是怎么回事呢？爷爷不语。

后来奶奶告诉我，是当年太爷爷去世的时候，遭到了天谴，树枝瓦片直往屋里飞。老祖宗栽下的这棵柳树就是在那个时候折断的。

“天谴是什么？”我仰着小脸，问奶奶，“太爷爷为什么会遭到天谴呢？”

奶奶说：“你这太爷爷胆子也太大了，竟然假传圣旨，被皇上知道后，要将老吴家满门抄斩。”

“不要和小孩子说这些！”在一旁的爷爷不爱听了。

奶奶瞥了爷爷一眼，不满意地说：“还不让说了。这事村里谁不知道？当年皇上下旨，吴家四代不许为官，要不然，你怎么连个村长也当不上呢？”

“天高皇帝远，皇上哪里管得了村里的事！”爷爷反驳着。

“当年可不是那么回事。老太太每天和村里人炫耀她太爷爷是秀才，可村里人谁不知道？老吴家就是被她太爷爷败光的……”

“拉倒吧，你！陈芝麻烂谷子的事，老翻出来说个啥？”爷爷不让说，奶奶便住了嘴。

“奶奶，老太太是谁？”我又问。

“你太奶奶，就是你爷爷的妈妈，我婆婆。”奶奶答。

“那爷爷的妈妈在哪儿呢？”我刨根问底。

“你爷爷的妈妈呀！”奶奶又偷偷看了爷爷一眼，说道，“你妈生你的时候，你太奶奶连着三天吃汤，被撑死了！”

哦，原来是这么回事。

我不再问了。一个人围着那棵大柳树，转来转去，爬上爬下，像是要从那斑驳的树干上找出什么秘密来。

等我渐渐长大些的时候，从邻居刘大娘那里断断续续知道了关于太爷爷的故事。

太爷爷名叫吴桐茂，是乡里最后一个秀才。

关于太爷爷的死因，有两种说法。

据爷爷说，太爷爷脾气暴躁，当年进京赶考时，夜宿城隍庙，同行的人逗他，问他敢不敢打城隍爷。太爷爷心说，城隍爷是泥巴做的，有什么不敢打？于是，他上前给了城隍爷两个耳光。谁知，这下触犯了神灵，太爷爷还没进京就病了，同乡将他送回家中，没过多久，太爷爷就暴病而亡。临死时，树枝瓦片直往屋里飞，从此老吴家也遭到诅咒：此后四代不许为官。

而刘大娘却不是这样说的。

刘大娘说，太爷爷后来进京说是考中了举人，他让仆人回来报喜，并让太奶奶准备了几担子银元送进京去。村里人信以为真，谁知道后来这事被皇上知道了，榜单上根本没有太爷爷的名字，而几担子银元也被仆人挑到了唐山青楼。皇上一怒之下，下令将老吴家满门抄斩。

“后来呢？”我问刘大娘，“老吴家人被抄斩了吗？”

“当然没有，如果抄斩了，哪儿还有你呀！”刘大娘笑了，抚摸着我的头，接着说，“当时你太爷爷的父亲在刘各庄教书，他的学生和皇上是拜把兄弟。有一年国家有难，是他这兄弟组织全村人捐款帮皇上渡过了难关。这次呀，他这兄弟又组织全村人联名上书，才救下了老吴家这几百口人的性命。但是皇上下旨，老吴家四代不许为官。”

那时候，我更相信爷爷说的话，太爷爷是触犯了神灵，所以暴病而亡，老吴家也因此遭到诅咒。

刘大娘娘家也姓刘，她和刘大爷是从刘各庄迁到吴代庄村的，所以，她当然是向着刘各庄说话了。

不过太爷爷吴桐茂的名气在乡镇上够大。

很多邻村的人说起老吴家，都会提到太爷爷：“当年吴桐茂在路边卖水，路人问路时，常会停下来欣赏吴桐茂的书法。吴桐茂有个绰号叫作“飞笔”吴桐茂，就是他写字时，让两个人将宣纸展开，站好，他拿起笔，唰唰几下，宣纸上便是龙飞凤舞的大字，真是绝了！只可惜呀，吴桐茂死得太早了，最后撇下那孤儿寡母，哎，老吴家到现在，不容易呀！”

“你太爷爷死时，才三十八岁，那年，你太奶奶刚刚生下你五爷爷。你太爷爷假传圣旨将家败光，又壮年暴病，你太奶奶的婆婆便将这一切都怪罪到你太奶奶身上，说你太奶奶妨人败家。你太奶奶的父亲是县里的律师，他听说吴家老太太如此不讲理，便吩咐仆人备马！仆人问：老爷，去干吗呀？老太爷答：去老吴家取妨去！”

奶奶给我讲这段故事的时候，我似懂非懂地问奶奶：“奶奶，妨是啥呀！”

奶奶笑了，说：“我也不知道妨是啥，估计只有你太奶奶的父亲知道。不过呢，这老爷子真是霸气，他说这话，是给你太奶奶撑腰呢！”

奶奶说："你太奶奶是个麻子脸，你太爷爷娶你太奶奶的时候并不知情，直到入洞房，掀了盖头才知道的。"

"之前为什么不知道呢？"我问。

"之前呀，结婚不像现在，还让你相相看看。那时候，两个人结婚前都不知道对方长啥样，只要媒人给介绍，父母同意就行了。两个人入了洞房，才能见着。"奶奶说。

"那，太奶奶是麻子脸，太爷爷乐意不？"我又问。

奶奶说："当然不乐意了。不过你太奶奶的父亲是律师，你太爷爷的父亲是教书先生，两家门当户对，你太爷爷不乐意也没办法呀，洞房已经入了。不过，后来你太爷爷常去唐山那青楼一条街，一去就扔下一担子大洋钱，让所有的窑子店都关门……"

奶奶的话语里，好似带着一些幸灾乐祸。

"不过，这家呀，也很快被你太爷爷给败光了，唉。"奶奶叹口气，说，"要不然，咱老吴家也不至于这么穷啊！"

从小我就知道，奶奶对太奶奶是有怨气的。太奶奶生了六个孩子，五个男孩，一个女孩，我爷爷排行老四。

太爷爷去世后，太奶奶带着孩子们讨饭，才将他们养大。好在太爷爷给太奶奶留下了吴家大院。

除了二爷爷战死外，大爷爷、三爷爷、爷爷、五爷爷都成了家。吴家大院也住进了大奶奶、三奶奶、奶奶和五奶奶四个媳妇。

俗话说得好，有钱不住东厢房，可在吴家大院里，奶奶和爷爷就住的是东厢房。

早晨的太阳照在对面三奶奶家西厢房的窗子上，更映得奶奶家东厢房的窗子晦暗，阴冷。

北风一吹，薄薄的窗户纸便随着风的进攻有节奏地“呱嗒”“呱嗒”地响着，和南厢房里做饭的五奶奶拉风箱发出的声音一唱一和，在这个四合院里演奏着锅碗瓢盆交响曲。

大奶奶是烈士家属，太奶奶去世后，大奶奶自然带着一双儿女住进了正房。奶奶排行老四，自然住厢房。不但住厢房，而且还是东厢房。

冬天的时候，一上午阳光照不进来。夏天的时候，一下午里面火烧火燎像蒸笼。

奶奶和五奶奶儿子多，随着叔叔们个头越蹿越高，日子也越来越紧巴。

太奶奶活着时，偷偷地给了五爷爷一罐子大洋钱，但这事早就被奶奶知道了。

地震前一年，我出生的时候，由于连着三天吃汤，九十岁的太奶奶被撑死了。

地震后，吴家大院被夷为平地。

吴家大院没了。

第二章　冥婚

我记事儿，已经是地震以后了。

原来的吴家大院没了，大奶奶、三爷爷、五爷爷在不远处另立门户。

爷爷在吴家大院原址上建起了新房，父亲和左邻右舍也在吴家大院里搭起了简易棚。

我记忆最深的是姓代的一家。

我管那家男人叫代二爷，管那家女人叫代二奶，管他家女儿叫小姑姑。

代二爷是个独眼龙，据说是当年被日本鬼子拿刺刀刺瞎了一只眼睛。代二奶长得白白胖胖，但双目失明。我问代二奶她的眼睛是不是也被日本鬼子给刺瞎的？代二奶说不是，她从小就看不见。

代二爷和代二奶只有一个女儿，名叫代小。

代小比我大十多岁，不知为什么，个子好像比我高不了多少。我刚记事儿时，她好像就那么高，等我三四岁时，她还是那么高。

我问代二奶："小姑姑怎么不长个儿呀？"

代二奶眯着一双满是褶皱的眼睛，笑着说："估计光长心眼儿啦，心眼儿多，太精，所以被压得不长个儿啦！"

代小头发超多，而且是桑头，又粗又硬的头发乱蓬蓬的，总也梳不整齐。

代二爷说那是自来卷。

代二爷和代二奶非常疼爱他们这唯一的女儿。

夏天的午后，代二爷总是坐在简易棚前的小板凳上，让代小趴在他的腿上。他给代小捉虱子，梳小辫儿。

代二爷斜着一只眼，眼珠在眼眶里滴溜溜地转，看到代小的头皮上有一个黑色的小东西在蠕动，他便按住代小的头，说："别动。"

那黑色的小东西好像听懂了代二爷的话，"嗖嗖"两下便爬到代小如森林一样的发间了。

这样几个下午，也不见代二爷帮代小捉到虱子，我实在忍不住，便跑过去帮忙："代二爷，我帮小姑姑捉虱子吧！"

"好啊，好啊，真是好孩子。"代二爷抬起头来边夸赞我，边让代小从屋里又拿出一条小板凳，让我坐下。

一个下午，我用我胖乎乎的小手儿，帮代小捉到了几十只虱子。

从那以后，我和代小便成了好朋友。

代小为了感谢我，还给了我一小团毛线，并教我织裤腰带。

代小是我的小伙伴里第一个会织毛衣的人，不管五冬六夏，她的怀里永远抱着一件织了一半的毛衣。

奶奶逗她："代小，给谁织毛衣呢？"

"给我对象！"代小干脆地回答。

"哎哟哟！"奶奶笑得合不拢嘴，再问，"你对象是谁呀？"

"还不知道呢！"代小又答。

"还没对象就给对象织毛衣呀！"邻居刘大娘也逗她。

"嗯。"代小使劲儿点点头，"等有了对象，毛衣就织好啦！"

奶奶这才恍然大悟，代小到了该找婆家的年纪了。

代小是个侏儒，十七岁的她个头依然像是四五岁的样子。因为这，村里没人愿意娶她。

奶奶曾尝试问过刘大娘。

刘大娘家老二地震时被砸断了一条腿，走路一瘸一拐的，已经二十六七岁了，也到了该成家的年龄了。

“二拐和代小年龄相差太大了吧？”刘大娘犹豫着说。

“如果代小家不嫌弃，大点儿怕啥？虽然代小父母眼睛不好使，但是他们两口子人不错，过日子踏实，二拐如果将代小娶进门，那老两口的家底儿将来还不都是二拐的？最主要的是……”奶奶停顿了一下，说，“最主要的是，让代小进门儿给生两个孩子，这不就成了一家子人吗？”

“那也得二拐同意。”刘大娘有些动心了，“我回去和二拐说说。”

刘大娘回到家和二拐一说，谁知二拐一下就急眼了，死活不愿意：“我不同意！”

刘大爷在一旁给二拐施加压力，问道：“你为啥不同意？”

“我怕村里人笑话我。”

“笑话你啥？”

“笑话我娶了个矬子。”

“那你还是个拐子呢。”

“你！”刘大爷的话，伤了二拐的自尊心，他靠在门口生着闷气，一会儿，冒出来一句，“娶了她，你们也不怕老刘家将来再生几个侏儒。”

二拐的话点醒了刘大娘。是啊，怎么没想到这一点呢？

刘大娘急急忙忙找到奶奶，将二拐的话一字不落地说给奶奶听。末了，她还说："二拐说的也有道理。这病遗传。如果将来代小再生几个侏儒，那我们老刘家不就惨了吗？"

这，奶奶倒是没想到："既然这样，那就算了。"给代小提亲的事也就不了了之了。

日复一日，代小依然每天抱着织了一半的毛衣在村子里行走。

"代小，毛衣还没织好啊！"有年轻人逗她。

"快了！快了！"代小依旧干脆地答着。

"别着急，慢慢织，你找对象还早着呢！"年轻人的话引得旁人哄堂大笑。

"哼！又不是织给你的！"代小斜了那年轻人一眼，抱着毛衣离开了。身后，又是一阵笑声。

"代小这样子是找不到对象了。"人们议论着，"是啊，都怕遗传呢。"

"她那织了一半的毛衣呀，都快成黑色的了。"

"不是黑色的？那原来是什么颜色的？"

"谁知道呢？反正不是黑色的。这织了好几年了，埋汰的，哪还能看出是什么颜色。"

"是……"我看了看自己的裤腰带，自言自语地说，"是灰色的。"那是代小给我的毛线团，并给我织的裤腰带，我已经系了一年了。

后来的一天中午，从代二爷家传来了代二爷和代二奶撕心裂肺的哭声。

代小死了。

代小去放羊时，带着小羊穿过马路，被疾驰而来的汽车撞死了。

那年，代小正好十八岁。

村里家家户户都盖起了新房，只有代二爷家还住在简易棚里。

代小死后，司机给代二爷赔偿了三万块钱。

那年头，三万块钱村里人连见也没见过。

“一条贱命换三万块钱，太值了。”村里人有些羡慕，甚至嫉妒，“这老两口往后衣食无忧，这辈子都不愁了。没想到这个侏儒，竟然是用这样的一种方式来报答她的父母。”

“哎！”二拐心里也后悔莫及，“早知道，当初娶她就好了，如果娶了她，那这三万块钱现在不就成了老刘家的了吗？”

代小死后，代二爷拿出钱来盖了几间新房。

代二爷还有一个哥哥和一个哑巴弟弟。

代二爷的哥哥家有三个孩子，哑巴弟弟是光棍。

他们兄弟几个都搬进了新房，住在一起，互相照顾，生活也算安稳。

但让代二爷心里一直不安的竟然是已经不在人世的代小的婚事。

代二爷几乎每晚都会梦到代小，梦到代小怀里抱着织了一半的毛衣在村里行走。

“代小，毛衣啥时候织好啊！”村里人问。

“快了。”代小答，“找了对象就织好了。”

代二爷梦着，想着，半夜冷不丁坐起来，靠着墙，怀里抱着代小织了一半的毛衣，觉得心里堵得慌。

“咋啦？老头子，大半夜的不睡觉。”代二奶摸摸索索地，将手伸向代二爷，问，“咋，又想闺女啦？”

“你不想？”代二爷反问。

“咋不想。可是想又有啥办法，闺女生到咱家，是来报恩的，她拿命给咱俩换来后半辈子的福。闺女活着的时候，没人愿意娶她，她这样走了，去托生，也是好事。”代二奶给代二爷解心宽。

代二爷不说话，他想着东村野地里埋葬着代小的那个孤女坟，耳边总像是听到代小的抽泣声。

“老婆子，和你商量件事呗。”代二爷忽然有了一个主意，“我想给咱家代小找个婆家。”

“冥婚？”代二奶一愣。

“是的。”代二爷说，“你知道咱家代小从十四五岁就想要嫁人，可是村里没有人愿意娶她。现在她走了，可以给她在阴间找一个。”

“找谁呢？”代二奶也开始琢磨村里年龄合适的死去的小伙子。

“香头！”代二爷和代二奶异口同声地说。

香头是村里南街的一个小伙子，地震那年被砸死了，死时只有十八岁。

如果香头现在还活着，应该已经有二十好几了吧。不过他的寿数是十八岁，代小的寿数正好也是十八岁，两个人年龄上是极其相配的。

代二爷有了中意的人选，便托奶奶去香头家帮代小提亲。

“不行，不行！”香头妈听说要给阴间的香头提亲，先是问谁家的姑娘。当她听说姑娘是代二爷家的代小时，头摇得像拨浪鼓，一口回绝道，“代小不行。”

“怎么不行？”奶奶给村里提亲说媒说成的多了去了，还从没遇到过像代小这样难嫁的，“代小和香头年龄相当，两个人结成冥婚，在阴间做个伴，免得成孤魂野鬼出来吓人。又不是真的在一起生孩子过日子，怎么就不行？”

“那不是真的在一起生孩子过日子，两个人在阴间结那个冥婚干啥？”香头妈一句话把奶奶怼了回去，“我家香头要才有才，要貌有貌，他才不会娶这个侏儒呢！”

香头那儿不成，代二爷又托奶奶从村里寻摸了几户人家，都是在地震中被砸死的，只要是光棍，年龄相貌，一概不计较。

但是，村里这几户人家竟然没一个愿意的。

代二爷很难过，他经常一个人坐在代小的坟前，听着风儿吹过蒿草的沙沙声，好像见到代小低着头从坟前走过。

“闺女，你干啥去？”代二爷恍恍惚惚地问。

“找对象去。”那个声音和身影一闪而过。

那年冬天，代小终于和唐山市里震亡的一个小伙子结成了冥婚。

据说，代二爷拿出一万块钱来给代小做了陪嫁。

代小那件织了一半的毛衣也已经被代二爷织好，给代小当作了嫁妆。

村东的孤女坟迁走了。

代小终于“嫁”出去了。

代小再也不用做“孤魂野鬼”了。

代小终于有了自己的“对象”。

第三章　地震

代二爷有个大哥，我叫他代大爷。

代大爷家有个女儿，名叫绣英。

绣英有两个哥哥，她的两个哥哥叫什么名字，我已经不记得了。我只知道代大爷想让绣英给她哥哥换亲。

我也有两个哥哥。

我小的时候，母亲也总是念叨着长大要让我给二哥换亲。

父亲总是说："不行。我可舍不得。"

而我则在一旁兴奋地说："换！换！"

"和谁换？"母亲问我。

"爱玲！"我脱口而出。

母亲"扑哧"一声便笑了。

爱玲是我从小到大的小伙伴，我俩从记事儿开始就形影不离。

地震后，父亲先盖起了新房，并在新房里隔出来半间屋子，爱玲和我便住在这半间屋子里。

母亲问二哥："长大后愿不愿意让爱玲给你做媳妇？"

二哥不说话，坐在炕上摆弄着手中的小木枪。

二哥从小就不爱说话。虽然二哥长得机灵，人也聪明，但是父母好像并不怎么喜欢二哥。

二哥跳过两次井。一次是奶奶回娘家，找不到奶奶。一次是考试没考第一。

二哥从小和奶奶一起睡。

有一次，奶奶回娘家了，二哥放学回来，找不到奶奶，竟然跑到村口去跳井。

村里人看到，把他捞上来后，他死活不回家，坐在井边大哭："奶奶呀，你为什么不要我了呀？"

直到奶奶闻讯从几里外的小水坡赶回来，二哥才止住哭声，乖乖地和奶奶回了家。

二哥每次考试都是第一。只有一次，刚刚有了《自然》课，他的成绩比班里一个女同学少了一分，没拿到第一，就拿着卷子跳了井。

这次被救上来以后，父亲在院中打了一口压水井，全村人都来院里拎水，村口那眼水井就被父亲填平了。

母亲问二哥，二哥不说话。

父亲问，二哥也不说话。

"记仇呢！"母亲指着二哥悄悄对父亲说。

"记啥仇？"我问。

一旁的大哥忽然坏笑起来："地震的时候，爸爸把他挂在了树杈上。"

二哥的嘴角撇了几下，眼泪开始在眼眶里打转。

地震的时候，房子塌了，那天正巧父亲将窗子拆了下来。

地震时，父亲将大哥从窗子里扔了出去，又抱起二哥，逃了出去。母亲抱着我，随后也逃了出去。

每当母亲对我们兄妹三个讲述这段往事时，大哥都会竖起大拇指，给父亲点赞，称父亲是大英雄。

母亲也每每都笑着说："如果没有你爸，你们早死啦！"

而我则会爬到父亲的背上，搂着父亲的脖子说：“爸爸，你真是大英雄！”

这时，二哥总是不说话，瞪着一双黑豆一样亮晶晶的眼睛，看着父亲，然后“哇”地哭出声来。

“就我不是亲生的！我肯定不是亲生的！”二哥边哭边念叨着。

“谁说你不是亲生的？”母亲问，“你咋就不是亲生的了？”

二哥还是哭，最后指着父亲说：“他……他把我挂在了树杈上。”

大哥听了，便又忍不住笑了起来。

地震那年，二哥四岁，已经记事儿了。

地震时，本来父亲是抱着他往村东头的高冈上跑。谁知，地上忽然裂开了口子，不知道从哪里来的洪水翻涌了上来，到处都是喊救命的声音。

父亲急着去救人，就把二哥挂在了门前的大柳树上：“别动，乖乖在这儿等着，爸爸去救人，一会儿就回来。”

二哥趴在树杈上，一动不动。

不一会儿，大水漫过了树干，眼看就要淹过树杈，二哥终于忍不住哇哇大哭起来。

正是深夜，黑灯瞎火的，看不见人，到处都是鬼哭狼嚎般的声音。

“晋安，晋安，快，快来帮我，老二被压里面了。”刘大爷见到父亲，连忙喊道。

父亲顺手从门口拿起一把铁锹，便开始救人。

救完刘家老二，还有张家老三，父亲救人一直救到天亮，不知不觉中把二哥给忘了。

母亲领着大哥，抱着我，跑到了村东的高冈上，她不见父亲和二哥，以为二哥是和父亲在一起，便也没在意。

直到下午，老叔游着泳去家里拿衣物，才发现，门口的大柳树上，挂着一个小孩。

老叔游近了一看，原来是二哥。

这时候，二哥连哭带吓早已经昏过去了。

“是你爸爸把你找回来的。”二哥醒来后，家里所有人都这么对他说。他就是不信。

二哥一直怀疑自己不是亲生的。如果是亲生的，地震时怎么会把自己孩子挂在树杈上？

“爸爸当时不是去救人了吗？”大哥帮着打圆场，说。

“那爸爸怎么不把你挂在树杈上？”二哥反问。

“我大了，自己会跑。”大哥做出快步跑的动作。

“那爸爸怎么不把妹妹挂在树杈上？”二哥又问。

“你妹妹是你爸爸的宝贝疙瘩，你爸爸哪儿舍得啊！”母亲在一旁抢先说。

二哥便又哭出声来，喊着：“我就知道，我不是你们亲生的。我要找我奶奶。”

地震后的日子，太难了。

家里要吃没吃，要穿没穿。父亲便和母亲商量：“要不，把老二送出去？”

母亲犯了难：“这年头，都不好过，送给谁呀？人家谁要啊？”

“给他二叔。”父亲说，“他二叔家俩闺女，现在计划生育，不让生了。把老二给他二叔，将来让他给他二叔养老。”

“要不，哪天问问？”母亲也动了心。

二叔听说父亲要把二哥送给他，将来给他养老，乐意地答应了。但二叔也有顾虑，对父亲说："你问问老二吧。你也知道，我家穷，怕老二不乐意呢。"

那天大哥带我和二哥从田野里捉老鼠回来，一到家，二哥就迫不及待地把剥了皮的老鼠递给正在堂屋烧火的母亲，让母亲给烧老鼠吃。

母亲接到老鼠，放进灶膛里，熊熊的火苗立刻将老鼠包围了，一股久违的香味钻到我们的鼻孔里。我们兄妹三人你挤我，我挤你地蹲在灶膛口，眼巴巴地望着灶膛里的老鼠，不住地咽着唾沫。

"这仨馋猫！"母亲让我们往后躲躲，她伸出烧火杖，将烧焦的老鼠扒拉出来，还没等母亲上手，二哥已经一把将老鼠抢在手里。

二哥拎着老鼠的一只腿儿往外跑，我和大哥在后面追着："等等我，分我点吃！等等我……"

那个傍晚，我们兄妹三人靠在大柳树旁，在落日的余晖下，分享了一只烧焦的老鼠。

晚上，母亲看着满嘴都是黑灰渣的二哥，问："老二，把你送给你二叔家，怎么样？"

二哥摇头："不！"

母亲逗他："到时候让你二叔给你盖房子，娶媳妇。"

"不！"二哥依然摇头。

"别把我二哥送走。"我在一旁听了，快哭出声来。

"不送走，长大盖不起房，娶不上媳妇咋办？"母亲半开玩笑地说。

"等我长大了，我给我二哥换个媳妇！"我大声说。

"不用你换。"二哥忽然说，"把我送走也行，不过我不去我二叔家。”

“那你想去谁家？”母亲问。

“我三叔家。”二哥笑了。

“想得美！”大哥在一旁也笑了，“我还想去呢。”

“我也想。”我小声地说。

三叔家只有一个女孩，我叫她四妹。

最主要的是，三叔在唐山市里上班，每到周末都会带回许多好吃的，我和两个哥哥都喜欢往三叔家跑。

第四章 肉饼

三叔结婚后，爷爷就搬离了吴家大院，在池塘边挨着二叔家又盖了三间新房。

吴家大院便只剩下了父亲和三叔。

我和二哥几乎每天中午都要去爷爷家，看看奶奶又做了什么好吃的，而每次去爷爷家都要穿过刘大娘家的堂屋。

刘大娘每次都是在锅灶前忙乎。见我和二哥风一样地穿过她家堂屋，便急急地喊："哎呀，慢点儿，慢点儿，别摔着！"

我和二哥已经飞奔出刘大娘家院子，刘大娘依然在后面唠叨着："这俩馋猫，又去奶奶家蹭吃的。"

有一天，我和二哥又路过刘大娘家堂屋时，不约而同放慢了脚步。

刘大娘正在锅灶前烙肉饼！

刘大爷不在家，他每天早出晚归，推着一个小推车走街串巷去卖泥人儿。车上也常备些针线包和香烟及水果糖什么的。

刘大爷有四个儿子。

大儿子和我父亲一般大，也有两儿一女。

二儿子就是在地震时被砸断腿的二拐，当年他不愿意娶代小，后来娶了村里一个双目失明的姑娘，日子过得倒也安稳。

三儿子争气，从师范大学毕业后在村里当老师，这也是村里第一个公办老师。

刘大爷还有个四儿子，也十七八岁了，还没有找对象。但是刘大爷家日子过得富裕，四儿子找对象不愁。

所以刘大娘经常在灶台前忙碌着，有时做韭菜炒鸡蛋，有时做油炸花生米，偶尔也会烙几张肉饼。

而这次，我和二哥正好碰到刘大娘在烙肉饼，经过刘大娘家堂屋时，我俩闻着香味，磨磨蹭蹭地走到刘大娘身后便不动了。

“又去你奶奶家蹭饭呀？”刘大娘生得又矮又胖，脑后的发髻油亮油亮的。

“嗯嗯。”二哥问，“刘大娘，你在做什么？”

刘大娘没有转身，拿铲刀翻着锅里的肉饼，背对着我俩，嘴里答着：“这不是，烙肉饼呢嘛。”

“啥叫肉饼？”二哥又问。

刘大娘愣住了，转过头来看了我俩一眼，问：“你俩没吃过？”

“没。”我和二哥同时摇头，将头摇得像拨浪鼓。

“这俩小可怜儿呀！”刘大娘说着，从锅里铲出两块已经烙好的肉饼，放进碗里，“先别走，来，尝一尝，尝尝啥叫肉饼。”

还没等刘大娘拿稳，二哥已经一把将碗抢了过来，三口两口就把两块肉饼吃完了。

我在旁边眼巴巴地看着，哈喇子都快流出来了。

“香吗？”刘大娘问。

“香！”二哥使劲点点头。

“再吃两块。”刘大娘又铲出两块来，二哥接过去，又是囫囵吞枣般地一口将肉饼咽下去了。

那天，二哥好像忘记了我的存在，他一口气吃了十四块肉饼。

春天的时候，二哥带我去掏鸟蛋、撸树叶、挖野菜充饥。夏天的时候，刘大娘家郁郁葱葱的菜园子引起了二哥的注意。

再经过刘大娘家堂屋时，不管刘大娘在做什么好吃的，刘大娘都再也不敢说让二哥尝一尝的话了。二哥一口气吃了十四块肉饼的事情也传遍了整个村子。

“那天的肉饼都被你吃了，你一块都没给我尝！”我对二哥表示不满。

二哥不吱声，好像知道愧对我。每次去奶奶家，我都一个人跑在前面，他慢吞吞地跟着走在后面。

那天，我刚从刘大娘家院里冲出来，二哥忽然飞快地从后面追上来，伸手递给我一个绿色的像毛毛虫样的东西：“妹妹，给！快吃！”

“啥东西？”我被吓了一跳，手好像也被什么给扎了一下。

二哥拿衣袖认真地将上面的刺擦干净，又递给我：“吃吧，这回不扎了。”

我这才看清，原来是一根小手指一般大小的黄瓜。

“怎么这么小？”我看着这根小黄瓜，舍不得放进嘴里。

“刚长出来。”二哥答。

“哪里长的？”我疑惑地又问。

二哥羞怯地笑了，他伸过头，附在我的耳边，悄悄地说：“是刘大娘家院里的，刚刚路过时看见，就摘了下来。”

说完，二哥又严肃地让我快点吃：“快点吃，不要让刘大娘看见！我都没舍得吃，留给你吃。”

我一下被感动了，将小黄瓜放进嘴里，一口吃进去，嘴巴一咧，又吐出来了：“呀！好苦！”

刘大娘家的黄瓜秧架打药了，打的是乐果。

那天中午到了爷爷家，吃了午饭，我便一个劲儿地呕吐，浑身冒冷汗。

爷爷不知道是怎么回事，怀疑午饭是不是有什么问题。

中午奶奶做的疙瘩汤、玉米面窝头。爷爷、奶奶、老叔和二哥吃了都没事。

“莫不是撞克谁了？”奶奶像是自言自语，又像是和我说。

我听了，更加害怕，哭得更厉害了。

“她一个小孩子，能撞克谁呢？”爷爷在一旁将信将疑。

“代小？”奶奶忽然想起来。

爷爷不信，“怎么会撞克代小呢？”

“代小活着时，不是常和咱家燕儿玩吗？”奶奶说，“当初想把代小嫁给二拐，二拐不同意。咱家燕儿每天从她刘大娘家经过，代小估计心里难受了呗，所以就撞在燕儿身上了。”

爷爷听奶奶说完觉得不无道理，不再说话。

奶奶让爷爷端来一碗水，又拿来一根筷子。

爷爷把筷子往碗里一戳，筷子竟然立住了。

“还真是代小。”爷爷惊诧地说。

奶奶拿来一把菜刀，对着筷子说：“她只是个小孩子，你找她麻烦干啥，谁不愿意娶你，你找谁去！”说着，奶奶拿菜刀用力一砍，筷子被砍飞了。

爷爷急忙端起碗，扣到了北当街。

代小被“砍”跑了，可我还没好。

奶奶将我抱在怀里，我哼哼呀呀地抽泣着。

爷爷见我还不好，便让老叔去请村里的赤脚医生。

赤脚医生来了，说像是食物中毒，问我中午吃了什么东西。

奶奶说：“中午做了一锅疙瘩汤，我们都吃了呀，都没事，怎么就她自己中毒了呢？”

医生说：“看症状像。”

奶奶说：“不是，不是，肯定是撞克代小了。”

奶奶转头又吩咐二哥：“去，再拿个大碗来，装满水，这回拿三根筷子。”

二哥听话照办了。

医生见状，无可奈何地给开了几粒药，叮嘱让我多喝白开水排毒，便起身走了。

三根筷子又齐刷刷地立在了碗里。

奶奶这次将村里的孤魂野鬼全部点名咒骂了一遍，然后拿刀将三根筷子砍断，让二哥将大碗扔到了村口，扣上。

等二哥回来时，我已经在奶奶的怀里睡着了，奶奶一边拍着我，嘴里一边哼着歌谣：

黄瓜架，两头尖儿，
东家火，西家烟儿，
烟得大姐泪涟涟儿。
大姐大姐你哭啥呀？
找了个女婿三寸三儿……

二哥趴在旁边，看着我，也轻轻哼唱：

黄瓜架，两头尖儿，
东家火，西家烟儿，
烟得妹妹泪涟涟儿。
妹妹妹妹你哭啥呀？
偷了根黄瓜三寸三儿……

“啥？”奶奶停止哼唱，盯着二哥，问。

二哥马上改口道：

找了个女婿三寸三儿……

二哥以为小黄瓜没长大，有毒。

从那以后，二哥不敢再偷摘，而是掰着手指头耐心地等待着小黄瓜长大。

初秋时，刘大娘家院里的黄瓜秧架就像要被上面大大小小的黄瓜压塌一样，摇摇欲坠。

我和二哥每天从院子里经过，都会趁刘大娘不注意，偷偷摘下两根就跑。

跑到爷爷家北墙下，悄悄把黄瓜吃完，再去奶奶家。

奶奶说，我的饭量越来越小了。二哥倒是不明显，他本来就吃得多。

很快到了霜降，刘大娘收了园子里的黄瓜，放进窗前的一口大水缸里，撒上大粒盐，再用一块大石头压上，将黄瓜腌制起来。

奶奶觉得奇怪，怎么我的饭量又涨了。

第五章　长虫

刘大娘家有个孙子，和二哥同岁，比二哥还淘气。

冬天，刘大娘的咸菜缸里结了一层薄冰。有天早晨，刘大娘凿开冰碴伸手去捞咸菜时，忽然捞出来两只壁虎。

壁虎不知在咸菜缸里泡了多久，居然还活着，它们顺着刘大娘的手臂爬到肩上，又从肩上往后背爬。

“哎呀，妈呀！”刘大娘吓得大叫。

刘大爷正在屋里等着吃早饭，吃完早饭好出门卖货，他忽然听到刘大娘在窗外大叫，便连忙趿拉着鞋跑了出来：“咋啦？咋回事？叫唤啥？”

“马，马邪乎！”刘大娘神魂未定，伸手在自己后背乱摸。

“在哪儿呢？”刘大爷拉过刘大娘在她全身上下看了看，没有找到。

“跑……跑了。”刘大娘拍着胸口，一个劲儿地说着，“妈呀，吓死我了。”

“马邪乎有啥好怕的，快点捞根咸黄瓜，吃完我赶紧出门卖货了。”刘大爷说着，刚转身要回屋，就见刘大娘直扑过来。

“长虫！大长虫！”刘大娘吓得抱着刘大爷的胳膊，让刘大爷动弹不得。

刘大爷扭头一看，咸菜缸里漂上来一条蛇。

蛇已经死了，应该是被谁打死后再放到咸菜缸里的。

刘大爷抓起蛇，用力一摔，“这一早，想吃个饭也吃不到嘴里，不吃了，走了。”

刘大爷没吃早饭就推着小货车走了，这让刘大娘心里很不舒服。刘大爷这一走一天，得转三五个村子，天黑才能回来。他这饿着肚子，走几十里路，身体能吃得消吗？

“是哪个兔崽子把长虫放我家咸菜缸里了呢？”刘大娘越想越气，她跑到当街破口大骂。

“哪个缺德带冒烟儿的啊，把长虫扔到我家咸菜缸里，这一缸咸菜还咋吃啊！这个冬天可咋过呀！”

我和二哥坐在家里烤着炉火。

母亲听到刘大娘骂街的声音，看了看二哥，问：“老二，不是你干的吧？”

“不是我！”二哥摇了摇头，在炉火旁摆弄着父亲的猎枪。

“不要乱动，小心走了火。”母亲冲二哥喊。

二哥咧开嘴，冲着母亲笑道：“没装子弹！”

经过刘大娘这几天接连不断地骂街，刘大娘的孙子小军终于忍不住招了。原来，壁虎是小军放在咸菜缸里的，而那条蛇，小军不敢打，是他找二哥帮忙打死后，他才放进去的。

“你这兔崽子！”刘大娘拉住孙子，想打又舍不得打，骂道：“你们这俩兔崽子，净干好事！你把长虫放进咸菜缸里，这咸菜还咋吃？”

小军像一只小猴子，在刘大娘面前嘻嘻笑着，他知道刘大娘疼他，他一点也不怕刘大娘。

“还嬉皮笑脸！”刘大娘举起巴掌，做了一个要打的动作。

小军笑着跑远了，边跑边喊：“奶奶，那长虫没毒，我还烧着吃了一条，我本来想给我爷爷泡酒喝来着！”

“啥？还烧着吃了一条？”刘大娘听到后，吓坏了，嘴里念叨着，“大仙儿恕罪，大仙儿恕罪呀！这孩子不懂事，求蛇大仙儿恕罪呀！”

晚上，小军的母亲来找我母亲，和我母亲说了小军和二哥打蛇吃蛇的事。

母亲问二哥咋回事。

二哥这才说：“有一次，我们去掏鸟窝，从树洞里爬出两条长虫，我和小军就把它打死了，一条我俩烧着吃了。另外一条小军说要拿回家给刘大爷泡酒喝，所以……我也不知道他会把长虫扔进咸菜缸里。”

二哥说到这里，抬头看了看母亲，想确认母亲是不是真生气，有没有要打他的意思。

“你们净淘气！”母亲好像想起之前给我们兄妹三个烧老鼠吃的事，又叹了口气说，“都是穷的。唉！如果能吃饱饭，你们也不至于打那玩意儿吃……万一有毒咋办？不把你们都毒死了？把你们毒死了，我到哪儿找我儿子去呀？”

二哥小声嘟囔着：“你和我爸不是想把我送走吗，毒死了正好省事了。”

“我哪儿舍得哟！”母亲搂过二哥，笑了。

不知道是连气带吓还是怎么的，刘大娘中风了，嘴歪眼斜，还总是笑个不停。

刘大爷找到奶奶说，刘大娘是被黄鼠狼给迷上了。

“你怎么知道是黄鼠狼不是蛇仙？”奶奶问。

“我看见了！”刘大爷说。

那天夜里，刘大爷睡得正香，忽然听到旁边传来一阵诡异的笑声。

刘大爷懒得起身点煤油灯，便竖起耳朵，仔细倾听着屋里的动静。

笑声越来越大，刘大爷这才惊觉，这声音竟是身边的刘大娘发出来的。

“让你笑！”刘大爷拿起枕边的烟袋锅子敲过去，只见一只黄鼠狼从门口一闪，跑掉了。

笑声戛然而止，刘大娘清醒过来。

“就是黄鼠狼！我看得真真儿的！”刘大爷和奶奶描述着那晚的情景。

“黄鼠狼咱可不敢惹呀。”奶奶犯了愁。

“要不，你问问晋安有没有办法？”刘大爷提醒奶奶，“你忘了，前些年，你亲家母被长虫迷上了，那长虫就怕晋安。”

“可别提了。”奶奶说，“那长虫差点把我孙女给抓走，吓坏我了。”

“不会的，不会的。”刘大爷说，“你家有保家仙儿，那些妖魔鬼怪不敢动你家人。”

是的，老吴家祖上有个保家仙儿，是一只白狐狸。白狐狸就住在村东的先生家坟上，守着太爷爷和太奶奶。

太奶奶老了的时候痴呆了，也是因为这只白狐狸年长日久太老了，白狐狸老得痴呆了，太奶奶也就痴呆了。

父亲听说刘大娘被黄鼠狼迷上了，便跟着刘大爷来到刘大娘家。

刘大娘见了父亲，又发出一阵诡异的笑声，这笑声一阵比一阵大，接连不断，笑得刘大娘就要背过气去。

“再笑！”父亲伸出手，要抓刘大娘的脖子，只见一只硕大的黄鼠狼，嗖地一下从父亲腋下逃走了。

刘大娘又恢复了正常，对父亲连声道谢。

父亲说："没事，这么多年的邻居了，这点小事不算啥。不过，这黄鼠狼肯定没走远，说不定哪会儿还得来。到时，再让刘大哥喊我。"

父亲回到家，见大哥和二哥都不在，问母亲："两个儿子去哪儿了？"

母亲正在烧火做饭，她一边拉着风箱，一边往灶膛里添着柴火，漫不经心地说："能去哪儿，玩儿去了呗。"

"我的猎枪呢？"父亲发现自己放在柜子上的猎枪不见了。他再翻翻旁边的口袋，子弹好像也少了许多。

"这两个孩子，估计是打鸟去了。"父亲买了猎枪后，经常去村东的林场打鸟，打来鸟便让母亲炖了给我们吃，偶尔父亲也会打上一两只兔子或者野鸡回来。

正说着，就见大哥扛着猎枪，二哥手里拎着一只猎物从院里跑了进来，边跑边喊："爸！妈！快来看，我们打了一只大野兔！这么大！"

母亲向外一看，吓得半死。

原来，大哥打了一只黄鼠狼回来！

父亲忍不住笑起来："这孩子，比我厉害！"

从那以后，刘大娘再没耍过邪。

第六章　爱玲

冬天的风真硬，硬得将冀东这片贫瘠的土地一层层剥开，将人的尸骨刮了出来。

我和爱玲在凛冽的寒冬中捡拾着腐烂的棺材板，拿回家给母亲烧火做饭。

爱玲的母亲为了吓唬我们，特意将爱玲爷爷的毡帽挂在一进门就能看见的墙上，像一颗高高挂起的人头。

“姑姑，这是什么？”我见了问。

“爱玲爷爷的帽子。”爱玲的母亲回答着，顺手将帽子摘下来递到我手里。

“爱玲爷爷？我怎么没见过？”爱玲有三个姑姑，我熟悉爱玲家的成员就像熟悉自己家的成员一样，但我好像从来没见过爱玲的爷爷：“他在哪儿？”

“爱玲爷爷死的时候，你还小，不记事儿。她爷爷是上吊死的，就吊死在这门槛上。”爱玲的母亲笑眯眯地说着，指了指门槛。

我手里正玩弄着这顶毡帽，听爱玲的母亲说爱玲爷爷是上吊死的，我吓了一跳，将手里的帽子一下扔了出去。

爱玲的母亲捡起帽子，哈哈地笑起来，稍后，轻声问我和爱玲：“出去还捡不捡棺材板了？”

爱玲点点头，看见爱玲点头，我也跟着点头，说：“捡，还捡。”

爱玲的母亲将帽子又朝我俩扔过来，笑道：“女孩家家的，怎么会喜欢淘这样的气？！”

我俩躲闪着帽子，笑作一团。

不知道为什么，爱玲我俩从小就对大人们忌讳的那些东西感兴趣。

谁家死了人，我俩保准第一时间跑到人家院门口的灵棚前听人哭唱；也会兴奋地等待着出殡时从人群中抢散落满地的大果子；更会比送葬的队伍早一些守在坟岗后面，只要一入葬，没等送葬的队伍离开，我俩拔起花圈就跑。

为这，我和爱玲没少挨人家找。

“还是因为穷啊！”骂归骂，母亲总是叹着气，然后将花圈上的花摘下来重新剪成玫瑰的样子，插在花瓶里。

我也总是趁母亲不注意，偷偷拿上几朵纸玫瑰和爱玲走街串巷地吆喝着去卖。

有一次我俩去卖花，南街的小雷哭着喊着要买。小雷奶奶不给买，小雷便哇哇大哭。我和爱玲故意在小雷家院门外徘徊，大声叫卖，气得小雷奶奶放出了家里的狼狗，一口咬住我的小腿。那时候没有狂犬疫苗，我的腿伤过了半个多月才好，为了报被狗咬的仇，爱玲拿着家里赶车的鞭子，一个人去寻小雷家那条狗。

冬天无所事事， 等过了九九，耕牛遍地走的时候，我和爱玲就像撒欢儿的小毛驴，在野地里寻宝了。

我俩每人挎着一个大篮子，草根、苦菜、婆婆英，只要是绿色的我们都吃。

我们也曾去邻居家偷樱桃，正好遇到邻居家叔叔来樱桃树旁打水，我俩用树叶挡住一只眼睛，小声念叨着：“叔叔看不见，叔叔看不见。”

叔叔打完水就回屋了，好像真的什么也没看见，结果第二天，母亲就拿着烧火杖守在门口，问我是不是偷人家东西了。

挨了骂，我和爱玲来到村东的沙地里，拿小铲刀挖着蚯蚓。

忽然爱玲惊喜地叫了起来，原来她挖到了一颗花生米。我也叫了起来，我向爱玲展示，我也挖到了一颗。

那个上午，我俩在沙地里不停地挖呀挖呀，不知道挖了多久，直到小肚子被撑得鼓鼓的。我俩并排躺在沙地里休息，却见刘大娘气势汹汹地追了过来。

我俩扭头一看，呀！原来我俩挖的是刘大娘家刚种好的花生地。

爱玲拉起我就跑，刘大娘身子胖，跑不快，追不上我们，在后面边喘着粗气边破口大骂。

我和爱玲顺着马路一直跑，跑到了距离村子五里地之外的小李庄村口。

“我姥姥家就是这个村子的。”我说。

“那咱俩去你姥姥家躲一躲吧，刘大娘肯定会去咱俩家里告状的。再说，我也饿了，想吃饭。”爱玲说。

“可是，我不知道我姥爷叫什么名字。”我为难地说。

“你舅舅的名字呢？”爱玲提醒我。

“舅舅的名字我也不知道。”我不好意思地挠挠头。

怎么办呢？我俩饥肠辘辘，又不敢回家。正好小李庄村口有座小桥，爱玲拉着我钻进桥洞里，我俩抱在一起，竟然睡着了。

醒来好像我俩就长大了。

我缠着父亲给我买发卡，买裙子。母亲说，我终于有点女孩子的样子了。

这一切，其实应该归功于村里一个名叫香香的姑娘。

香香姑娘长得真好看呀！她个子高高的，一条麻花辫在屁股后面甩来甩去。我和爱玲常常跟在香香身后，学着她的样子扭来扭去。爱玲嫌我学得不像，还从家里偷来一条纱巾系在头上，假装是一条长辫子。

“咱俩到底什么时候才能长到香香姑姑那么大呢？”我问爱玲。

爱玲认真地算了算，说：“香香姑姑十八岁，咱俩还得等十二年吧。”

“十二年是多长时间呢？”我又问。

“十二年，就是再过十二个年，再收十二次的压岁钱。”爱玲认真地答。

那时觉得十二年好漫长啊！

我和爱玲开始掰着手指头盼着过年，盼着长大，盼着有一天能够长成香香姑娘的样子。

“长大了你要做什么？”爱玲问我。

“给我二哥换媳妇。你呢？”除了给二哥换媳妇，我想不出我长大后还能做什么。

爱玲想了想，她只有一个哥哥，她不用给哥哥换媳妇。她想了好半天才回答：“我长大了，当个歌唱家吧！”

“歌唱家？”我新奇地看着爱玲，一时间感觉对她有些崇拜。我从小就知道爱玲长得比我好看，嗓音也好，但“歌唱家”这个词我还是第一次听说。

我忽然决定长大后不想给二哥换媳妇了。我喜欢听书，长大后我想当个写书的人。

后来的很多个午后，我和爱玲相约在吴家大院门口的大柳树下，我们一起唱《花为媒》，唱《刘巧儿》，唱《杨三姐告状》……

我俩穿着各自母亲的长衫，在树下随着柳枝舞动着。

“叫一声我那苦命的二姐姐呀！”爱玲扑在我的身上，我则假装被高占英杀害的二姐姐。

每当唱到这里，我都会睁开眼睛，问爱玲：“如果长大了要给哥哥换亲，咱俩换不换？”

“换！”爱玲斩钉截铁地说。

“哈哈！”我笑着抱住爱玲，“这样咱俩就可以永远在一起啦！”

第七章 绣英

后来我才知道，当年绣英老来我家门口的大柳树下摘木耳，应该是看上我大哥了。

但是她的父母是要让她给她的大哥换亲的。我的父亲是不可能让我给我大哥去换亲的。所以，这层窗户纸最后没人捅破。

大哥上初中时，我也上学了。

父亲给大哥取名吴晓为，二哥吴晓存，我叫吴海燕。

我不喜欢“吴海燕”这个名字。

父亲说，有一位明星叫吴海燕。父亲希望我长大后也能够成为大明星。

父亲越是这样说，我心里越反感。

上幼儿园的时候，班里正好贴着几张明星照。其中就有那位明星吴海燕。

“吴海燕！吴海燕！”老师喊我。

我低着头，不说话。

老师是刘大娘家的老三。

我和二哥每天从他家堂屋穿过，把他家的地都给磨平了，他当然认识我。

但他假装不认识我，还是喊：“吴海燕，吴海燕，谁是吴海燕？”

“她！”我指着墙上的明星照说。

小伙伴们哄堂大笑。

“那你叫什么名字？”老师问我。

我想了想，刚好看到窗外飞过几只燕子，便脱口而出：“吴燕燕！”

“吴燕燕！这个名字好！”老师笑着说，“你自己取的吗？”

“是！”我骄傲地回答。

小伙伴都叫什么巧云、爱玲、凤香、春雨、绣英，只有我的名字是叠字，叫燕燕。

“你知道燕燕来自哪里吗？”老师继续问我。

“知道，来自《诗经》。”爷爷教过我。

我上学前，不但读完了四大名著，而且还读完了《诗经》和《唐诗宋词》。

“燕燕于飞，差池其羽。之子于归，远送于野……”我背诵着。

老师带头给我鼓掌。

他没想到，在这个偏僻又贫瘠的小村子里，居然还有会背《诗经》的孩子。

他想起来我的祖先是吴凡，不由得感叹着：“不愧是吴凡的后代！了不得！了不得呀！”

“老师，我也会！”巧云举手。

巧云的父亲是刘大娘的大儿子。巧云是老师的侄女。

“哦？好，你也来一首。”巧云也会背诗，老师感到很惊喜，鼓励她说。

簸，簸，簸簸箕，
你躲躲，我过去，
过去干啥去，
挑水去。

挑几担？

挑八担，

粳米干饭和鸭蛋。

你一碗，我一碗，

馋得三叔白瞪眼！

巧云用手一指老师，老师“扑哧”一声笑了，小伙伴们也哈哈大笑起来。

“老师，老师，我也会！”绣英也举手。

“好的，好的，别急，一个一个来！”老师示意。

哎呀咧，咋的咧？

一枪打着表弟咧。

哪儿打地？骑马地。

哪儿说地？焗锅地。

哪儿见证？王二楞。

哪儿挑水，拐拉腿。

哪儿看家，二刘头妈！

我一听，二刘头妈不就是刘大娘吗？我看看绣英，再看看老师，这次，老师没笑。

绣英比我大四岁，但小学时和我是同班同学。

我上一年级时，她上一年级；我上四年级时，她上三年级；我上六年级时，她还上三年级；等我上了初中，她便辍学了。

绣英辍学时，就到了给哥哥换亲的年龄。

不知什么时候，我家院门口的大柳树上又长出了新的枝丫，断裂的树干上生了许多的木耳和蘑菇。

绣英常来我家柳树下摘木耳、采蘑菇。

“绣英，这是什么？”我望着那黑色的透明的，像耳朵一样的东西问。

“它呀，叫木耳。”绣英拿起一块放在手心让我看。

“你采它干什么？”我从没见过木耳，更别说吃了。

“把它洗干净，用开水焯一下，用它拌凉菜，可好吃了。”绣英说，“等哪天我做好了，叫你来吃。”

“好呀，好呀！”我高兴得手舞足蹈，也爬上树，帮绣英摘木耳。

绣英长得很漂亮，手也巧，村里的小伙子们都很喜欢她。

可是代大爷整天绷着脸，像监视犯人一样监视着绣英，不准她和村里的小伙子们来往。

绣英有两个哥哥呢！其中一个腿脚有问题。绣英知道，她爸是想让她给自己的跛脚大哥换亲呢。

在我上初二那年，学校操场上来了一个摆摊的小伙子。

他长得黑黑的，但是看起来很憨厚，一笑起来，就会露出两排雪白的牙齿。

因为我在离家八里地远的镇上上学，中午不方便回家，便在学校里吃饭。

午饭是早晨从家里带来的一张饼或者一个馒头。

那是一个中午，吃完午饭，我和同学相约去厕所，路过操场，见到操场一角围满了人。

我和同学跑过去一看，原来是一个叔叔来学校摆地摊，一大块床单铺在地上，上面摆放的全是书。

我一下子被吸引住了。

有很多同学选走了中考复习一类的书，我却拿起一本薄薄的诗集，上面写着《七里香》，作者是席慕蓉。

我随手翻开，看到那短短的分行，竟然爱不释手。

叔叔好像看出了我的心思，对我一笑，说："喜欢就拿走吧。"

我尴尬地看了叔叔一眼，低声说："我没钱。"

叔叔又冲我笑一笑，说："没关系，你先拿走去看，看完再还给我。"

"真的？"我雀跃，"那你每天中午都会来学校摆摊吗？"

"不常来。"叔叔说，"我平时去集市上摆摊，今天散集早，所以过来了。没事，你先拿走，看完还给我就行。"

"那我去哪儿找你呢？"我问。

叔叔又笑了，说："去家里。你可能不认识我，但我认识你，咱俩是一个村的。"

叔叔借给了我一本席慕蓉的诗集，还告诉我，他和我住一个村，我像是发现了一个大宝藏一样，兴奋不已。

放学回到家，见绣英又在我家门口的大柳树下摘木耳。

木耳越摘越小，绣英天天来，等不及木耳长大，她将刚刚露出边儿的小木耳从树皮的缝隙里揪出来，放在手心，攥着，看样子已经摘了一小把。

"绣英，绣英，村里有个卖书的叔叔你认识吗？"我掩饰不住内心的激动。

"卖书的？"绣英愣了一下。

"对！"

"赶集的？"

"对对！"

"南街的小贱？"

"应该是！"

我不知道叔叔是不是叫小贱，但我知道他是赶集的。

赶集卖书的叔叔，绣英竟然认识，我高兴极了。

“绣英，你和我去叔叔家看书吧！”我央求道。

绣英低下头，轻轻一笑，低声说：“怎好意思去人家。”

叔叔家有好多好多的书，比爷爷家的书还多，这对于我来说，是个难以抵挡的诱惑。

我拉着绣英的胳膊，不停地摇晃着：“你陪我去嘛，陪我去嘛。”

绣英禁不住我软磨硬泡，扑哧一笑，说：“好，好。我陪你去。再摇，胳膊也快被你摇断了。”

从那以后，绣英每天晚上吃完饭，都会来大柳树下等我，然后陪我一起去小贱叔叔家看书。

小贱叔叔家在南街，他的父母在西屋，他和他的书在东屋。每天晚上，我和绣英到了叔叔家门口，都会轻轻敲几下北墙，叔叔听见了，便悄悄地将北门打开一个缝，让我和绣英溜进去。

整整一个冬天，我把叔叔屋里的书全部都读完了。

后来有一天晚上，代大娘站在我家院门口喊我出去。

“你见到绣英去哪儿了吗？”代大娘问我。

“没有啊。”我摇摇头。

“那，你知道她会去哪儿吗？”代大娘又问。

“这……”我忽然想起小贱叔叔。可是我已经好久没有再去小贱叔叔家了。

难道……我不能说。

我继续摇摇头。

代大娘走了。

不一会儿，街上便传来代大娘骂街的声音：“绣英，你这个小妖精，你去哪儿了？赶紧给我滚回来，你看让我抓到你，我怎么收拾你！”

代大娘的声音打破了夜空的寂静，在村里传出好远，渐渐地，星光也淡了，月亮也隐去了，夜越发得黑而且静。

绣英和小贱叔叔谈恋爱了。

代大爷知道后，拿皮鞭把绣英打得半死。

绣英的身上、腿上、胳膊上，甚至脸上都是伤。

代大娘用尖尖的指甲划破了绣英的脸，并且喊着要抠出她的眼珠。

“你不给你哥换亲，我就打死你！”代大爷说。

“你不给你哥换亲，我就抠掉你的眼珠。”代大娘说。

连绣英跛脚的哥哥也拿木棍打绣英：“你不给我换亲，就去死吧，不要吃家里的闲饭。”

绣英无处可去，无处可诉，她便常站在我家大柳树底下，和小木耳说话。

绣英已经好久不从柳树上摘木耳了。小木耳长成了大木耳，大木耳连成了一片，像是鱼鳍。

村里人都以为绣英会疯的，但是绣英没有。

后来绣英又和邻村的一个小伙子恋爱了，两个人在一个雨天私奔了。

一年后，有人在唐山服装批发市场看到了绣英，她成了批发市场有名的商贩。

再后来呢？

再后来，绣英赚了很多钱，她帮两个哥哥盖了新房，娶了媳妇，把父母接到唐山住进楼房。

只是可怜南街的小贱叔叔，到三十多了也没娶上媳妇。

第八章　小驴

我不知道大哥是什么时候辍学的。

初一？抑或是初二？

我只记得每天放学回来，就会看见院子里多了一堆木柴或牛粪，一个学期过去了，木柴和牛粪堆成了小山。

父亲也终于注意到了，父亲当时在镇打井队上班，一周才回来一次。

“咦？院子里怎么多了个柴火堆和牛粪堆啊。”父亲又疑惑又惊喜。

地震后父亲做过一个大手术，干不了重活，家里的活都是母亲干。母亲身体也不好，所以劈柴拾粪的事，父亲从来没想过。

“你身体不好，不要干重活。”父亲说，“这么一大堆牛粪，这得拾多少天啊！”

“整整两年了。”母亲说。

“两年？”父亲愣住了。之前牛粪堆小，他没注意过，“你拾了两年了？”

母亲一笑：“我哪有那工夫，这俩小的还得上学，还得吃饭。还有家里那堆活。”母亲指指院里的棉花地。

院子里母亲从来不种菜，而是在房前屋后犄角旮旯都种满了棉花。

母亲长年累月地纺线、织布，给我们做被子、做衣服，也把织好的布拿到集市上去卖。

母亲好面子，她常说，嘴头子上省着点，饿不死就行。穿的要整齐，老吴家的孩子穿出去得让人竖大拇指才行。

尽管母亲这么说，但在我的记忆里，我五冬六夏都是穿着二哥的旧衣服，裤子又瘦又短，像现在的七分裤。只有过年的时候，母亲才会舍得用花布给我做一身新衣服。

我曾问过母亲，为什么让我拣哥哥们的衣服穿？大哥穿完二哥穿，二哥穿完给我穿？

母亲说："你大哥该找对象啦，得穿得好点，你一个女孩子，穿得再破烂，将来也不愁嫁。"

我虽不高兴，但也无奈，每天依然穿着吊裆的裤子上学。

父亲听母亲说这粪堆不是她拾的，更加迷惑了，问："那是？"

"你大儿子！"母亲不等父亲说完，抢先回答。

"晓为？他没上学吗？"父亲问。

"已经拾了两年牛粪了。"母亲答。

我这才恍然大悟，大哥每天凌晨四点就起来，不是去上学，而是去马路上拾粪去了。

母亲身体不好，家里没有劳力，大哥不愿意再上学了。他早早地就在初中时代练就了当农民的一身本领。

二哥聪明，成绩也好，但初三时因为痴迷扭秧歌而耽误了学业。

我也聪明，成绩也好，最主要的是怕下地干活，我得好好学习。

我上初二时，二哥也辍了学。

村里开始有人给大哥说媒，父亲也开始准备给二哥盖房子。

我是从初二那年迷上了写作，更准确地来说是从地摊上拾起席慕蓉诗集的那一刻开始。

以前读的都是四大名著和《聊斋志异》，听到的也都是冀东民谣、蛇仙儿和狐仙儿的故事，这是我第一次接触诗歌，我一下被吸引住了。

那时候的我剪了短短的头发，穿着二哥的旧衣服，背着大哥不要的绿军包，骑着一辆凤凰牌大二八，活脱脱一个假小子。

班里有个男生名叫小驴，名字虽然叫小驴，性格却像个女生一样。不但性格像，说话走路也像，一颦一笑也像。

因为初中在镇上，同学们中午都带饭，不回家。

中午吃完饭小驴便会去学校西边的小河边采野花，快上课时，手里会拿着一把野菊或蒲草回来。

走进教室，同学们都会用异样的目光看着他，而他则会用一只手捂住嘴，轻轻地笑，那样子，就像是从画中走出来的仕女。

刚学会了写诗，便见啥写啥，写的都是顺口溜，那天见到小驴那掩面一笑，我便写了一首《我的同学》给小驴，并且把他英语考十五分还有和三一班女生早恋的事都给写了进去，是一首叙事诗。这首《我的同学》在班里传开，立刻引起了轰动，同学们都争抢着要朗读。

“吴燕燕，你写的什么？”小驴在我前排，他扭过头来，目不转睛地看着我。

“写，写……”我一时不知该怎么回答。

“写的《我的同学》，我的同学就是你呀！”有同学喊着，其他同学也附和着，“对！对！我的同学是个假丫头！”

一时间，班里充满了叽叽喳喳的窃笑。

小驴看着我，突然“哇”的一声，然后用手捂住了脸。

他从抽屉里拎起书包，飞一般跑出了教室。

“快追呀！别让他走，他如果去树林里上吊了，可咋办？”和小驴同村的一个女生说。

“上吊？不会吧？”我有些害怕了。

那个女生是班里的文艺委员，名叫玉红，她和小驴在一个村，而且两家相隔不远。

“真的，他心理素质差，动不动就去上吊，他父母都快愁死了。”玉红说。

等我追出去时，小驴已经骑车离开，不见了踪影。

下午，我让玉红带我去小驴家找小驴，但小驴不在。

小驴的父母笑眯眯地上下打量着我，看得我有些不好意思了。

“叔叔，阿姨，我不是故意的。”我连声道歉，“我不知道他会生气离家出走，他会去哪儿呢？”

“不用管他！”小驴的母亲拉着我的手，让我坐，小驴的父亲端来洗好的水果，他们老两口那么热情，让我有一种被相亲的感觉。

“小驴从小就这性格，和个丫头似的，因为一丁点小事就一哭二闹三上吊，我们都已经习惯了。”小驴的母亲说。

“是的！”小驴的父亲也跟着说，“我们有四个儿子，小驴是老小，他三个哥哥都已经成家了，现在就剩下小驴了，你看，前面那几间新房就是我们给小驴盖的……”

“什么嘛，怎么成了相亲了？”玉红拉起我就往外跑。

我一边跑一边回头说：“叔叔，阿姨，等小驴回来一定要让他去上学，告诉他我不是故意的！”

第二天上午，小驴没来。下午的时候，小驴来了。

同学们正往黑板上抄我的那首诗，小驴见了，嘴角动了几下，没说话，也没哭。

上课的时候，小驴忽然扔给我一个纸条，上面写着："吴燕燕，我知道你去找我了。我现在把你当成朋友了，我把我的日记给你看看，但你要答应我，看完你不要告诉别人好吗？"

"还有日记？"我心里慌慌的。不知道小驴的日记里面都记了些什么？我赶紧也写了个纸条扔过去："好！"

小驴把一个厚厚的日记本给了我。

那天下午第二节课是历史课。老师在上面讲课，我打开了小驴的日记本。

"妈妈，你在哪儿？你为什么生下我又抛弃我，让我过着寄人篱下的生活！妈妈，我已经十八岁了，我找了您十八年了，妈妈，您到底在哪儿啊……"

小驴是捡来的？我一惊，翻开下一页。

"今天，养父养母又吵架了。我一个人悄悄地走出家门，来到学校。中午，从学校北门的小卖部买了一个面包，我便独自来到小河边。河边的野花真多呀，我如果也能够变成一朵野花该有多好，不用回家，不用听养父养母的吵架声……"

我再翻开，接着看。

"今天，养父养母又吵架了……"

"今天，养父养母又吵架了……"

"今天，养父养母又吵架了……"

……

我几乎是一边哭一边看完了小驴这本日记。历史老师在讲台上看着我，感觉有些莫名其妙，"吴燕燕，你怎么啦？谁欺负你啦？"

“没有，是我欺负别人了。”我抽泣着说。

历史老师笑了，“你欺负别人了，你哭啥？”

“我错了，我不应该欺负他。”我说完，就见坐在前面的小驴也嘤嘤地哭了起来。

我发誓再也不欺负小驴了。我也不许其他同学欺负小驴。

自从看了小驴的日记后，小驴见到我，都会甜甜地一笑，像吃了蜜一样。

有一天下午，快上课时，小驴忽然递给我一个纸条，上面写着：“我喜欢你。第二节卫生课，我去学校南墙等你。”

我又惊又气。

第二节课，小驴的座位上果然空空的。

卫生老师问：“谁知道小驴去哪儿了？”

我举手。

老师让我回答。

我站起来，大声说：“老师，小驴在学校南墙外等我。”

班里哄堂大笑。

卫生老师气冲冲地跑到南墙外把小驴捉回来。

放学时，小驴拿起书包，用充满怨恨的眼神最后看了我一眼，便离开了。

那天后，小驴再也没有来上学。

小驴辍学后，我变得沉默寡言。

县广播电台来学校征集文章，我写了一篇《谈怎样对待学生早恋的问题》，竟然被选用了。

电台的负责人联系上我，给了我一家报社的地址，让我投稿，我第一次花八分钱买了一张邮票，将一篇名为《却上心头》的散文寄到了报社，没想到，竟然又被录用了。

报社不但刊发了那篇文章，文后还刊登了我的通信地址。

从此，来自全国各地的读者来信像雪片一样飞到了这个名叫吴代庄的小村庄。

我的心也长了翅膀，飞出了这个名叫吴代庄的小村庄。

第九章　各地

读者来信越来越多，镇上的邮递员每天早上来送信，都会在大柳树下按车铃。我听到车铃一响，便知道邮递员来送信了。

有时是十封，有时是八封，有的时候则是二十多封。

刘大娘每次看见都会站在当街盯着我看："燕子，你咋这么多信？"

"对呀，刘大娘。"我说，"是读者来信。"

"读者是谁？"刘大娘又问，"哪个村的？"

"是全国各地的。"我解释。

"各地的？"刘大娘好像明白了，"每天咋写这么多呀。"

我不知道该怎么继续和刘大娘解释，便抱着那一摞信转身回了院。

那天中午，母亲去当街抱柴火，刘大娘神神秘秘地套母亲的话："晓为妈，你家燕子搞对象了你知道吗？"

母亲一愣，说："不知道呀，谁说的？"

"她自己说的。"刘大娘说。

"不能吧？"母亲用怀疑的眼神看了刘大娘一眼，问："哪个村的？"

"各地村的。"刘大娘好像啥都知道似的。

"各地村是哪儿？"母亲很少出门，有些孤陋寡闻，"我咋没听说过这个村啊。"

“侪城那边的。”刘大娘肯定地说，“你刘大哥经常去那边卖货，我听他说起过。各地村比咱们村富裕，燕子挺有眼光的，就是不知道这小伙子多大岁数，长啥样。”

“那她没和我说呀。”母亲有些生气了，“这丫头，这么大的事也瞒着我。”

刘大娘笑了，眯着一双小眼睛，给母亲出主意，说：“燕子是怕你给晓存换亲吧？所以不敢和你说。你看她不在家时翻翻那些信，肯定有那个小伙子的照片啥的。”

“对，对！”母亲感激地对刘大娘连连点头，很快心里有了主意。

那天我放学刚进家门，母亲就拿着烧火杖堵住我，问：“燕子，你啥时候找的对象？”

“对象？”我想起小驴，小驴那是一厢情愿，不关我的事啊。难道是小驴母亲找上门来了？

“对啊，快说。”母亲见我不说话，举着烧火杖在我眼前晃了晃。

“没有啊，妈。谁说的？”我否认。

“还说没有，你刘大娘都知道了，你还瞒着我？”母亲气打不住拿眼睛瞪着我，“快点说实话。今天你不说实话我就拿烧火杖打你！”

“真没有啊，妈，我刘大娘净瞎说！”我还在争辩着。

这时，母亲忽然从炕上拿起一张照片，“你瞅瞅，你瞅瞅，还说没有，啊？你刘大娘都告诉我了，各地村的，看，还是个当兵的！”

我一看，忍不住哈哈大笑起来：“妈，妈，你笑死我了。”

“你还有脸笑！”母亲举起烧火杖就想打。

我连忙抓住母亲的手，和母亲解释：“妈，你好好看看，那照片上的人是谁？”说着，我又忍不住笑。

母亲停下手，疑惑地看了我一眼，又仔细看了看照片，照片上是一个穿军装的年轻人，短发，戴着军帽，英姿飒爽。

“长得是不错，挺精神的，不过你二哥还没对象，你不能先找对象！”母亲还是想让我给二哥换亲。

“我没找，妈。你这各地村是哪个村啊？”我边说边笑。

母亲不识字，别说自己的名字，就连阿拉伯数字都不会写，刘大娘也一样，难怪她们以为全国各地是个村呢。

“别嬉皮笑脸，你先说，照片上这小伙子是谁？”母亲依然板着脸。

我笑着告诉母亲：“妈，这个人是你闺女，你没看出来？”

这张照片是我刚刚从镇上照的。照相馆除了绿军装就是红礼帽，我头发短，像男孩子，照相馆的人便让我穿着这身军装站在马路上拍了这张照片，远处的背景是镇上的老房子。

母亲竟然以为这张照片上的人是个男孩，她一听说是我，又拿起照片仔细辨认一番，终于确定是我，便也忍不住笑了起来。

知道我没搞对象，母亲就放心了。

那时我开始逃学了。每天下午钻进村东的树林里，拿着笔和本坐在树下写文章。

万亩林场空无一人，只有小鸟在林间穿梭着，它们好像也不忍惊扰我，静静地在枝头，或在草地上，悄无声息地捉虫吃。

林子里全是槐树，偶尔会见到一两棵榆树。

我的头发渐渐长长了，母亲从集市上买来布头给我做长裙，我越来越像个女孩子了。

我和爱玲商量过，如果母亲让我们换亲，我俩到底换不换？

爱玲使劲点点头，我也使劲点点头。我俩抱在一起高兴地跳起来，这样我们就可以一辈子不用分开了。

可是没过多久，就有人给爱玲哥哥说媒，我大姑家的姐姐最后和爱玲哥哥订婚了。

我很失落，爱玲安慰我说："将来咱俩找对象都找本村的，这样咱俩就还能在一起。"

"好！"我答应着，然后我俩拉勾："拉勾上吊一百年不许变！"

小时候，母亲总感觉将来我会远嫁，吃饭拿筷子夹菜的时候，母亲也总是对父亲使眼色，"看到没？你闺女，拿筷子那手，夹菜离得那么长，将来指不定嫁到哪儿去呢！"

父亲总是向着我说话："我就这一个宝贝闺女，将来她愿意去哪儿就去哪儿，只要她过得好就行。"

"就知道你闺女，不惦记你儿子。"母亲不满地对父亲说。

母亲的担心由来已久，爱玲哥哥一订婚，母亲对我更是看管得严，生怕一不注意，我就从她眼皮底下消失了似的。

镇上的邮递员成了我的专职邮递员，村里没人写信，也没人订报纸，邮递员每次进村，都是直奔吴家大院门口的大柳树而来。

一天，我收到一封信，信是安徽省的一个读者写来的，这位读者已经六十多岁了，随信寄来的还有他的一张全家福。全家福上是他八十多岁的老母亲和他的妻子，还有他的三个儿女。

这位老人家也是一名文学爱好者。他告诉我，安徽《审计导报》有一位编辑叫向崇安，向编辑刚刚出了一本诗集，他让我花两块五毛钱购买向编辑的一本诗集，然后借此机会给《审计导报》投稿。

“不会是骗子吧？”我第一次遇到寄钱这样的事情，心里不免打起了小鼓。

钱没有，但是我还想投稿。

思来想去，我花一个晚上的时间用黑白碎布做了一个布娃娃，并连同一篇小小说寄了出去。

没想到，很快我便收到了向编辑给我寄来的诗集，还有全年的《审计导报》及汇来的二十五块钱稿费。

“嚯！二十五块呢！”邮递员把汇票交到我手上时，羡慕地说。

从那时起，我每月都能够拿到几十元的稿费，给父母用来补贴家用。

我的文章适合在《审计导报》发表的，向编辑会在《审计导报》发表。不适合的，他会帮我推荐到《工人文化报》《中学生导报》《中华讯报》。我很快成了全国小有名气的诗人，作品被收录到《中国当代中青年诗人辞典》。

那年，我的诗歌在全国大赛中获得了二等奖，组委会安排获奖作者去安徽参加颁奖典礼，我发了电报告诉向编辑哪天到。

但是出发前，母亲拦住了我：“不能去，不能去各地，各地坏人可多呢，把你卖了可咋整？”

后来向编辑给我写信，说，那天他早上起来就举着大牌子去火车站接站，一直到晚上，也没有看到我的身影，他问我：“不是走丢了吧？”

我很愧疚，不知道该怎么和向编辑解释。

第十章　血衣

挨饿的孩子长大好像是一瞬间的事儿，我和二哥的成长让父母操碎了心。

父亲为了减少家里的开支，把大哥送到天津一家石油公司去当消防员。

但没几个月，大哥便回来了。

原来，大哥从西高庄找了个对象，大哥和那姑娘受不了相思之苦，便瞒着父亲偷偷辞了职，跑了回来。

父亲见状，马上安排他们结婚，那一年，大哥刚满二十岁。

大哥结了婚，二哥也到了找对象的年龄，父亲刚给二哥盖了新房，实在是没有能力再给他娶媳妇了。

“怎么办？”镇上的打井队解散后，父亲整天闷闷不乐。

母亲试探着说：“要不，让他妹妹给换一个？”

“想都别想！”父亲急了，“有本事自己领一个回来，没本事就让他打光棍！”

那时候村里刚刚通了班车，很多人都开始去唐山收破烂，父亲让大哥和二哥也去收破烂。

不久后的一天傍晚，村口的站牌下聚集了很多人。

同村收破烂的人回来说，村里有人杀人了。

母亲一听有人杀人了，慌了。母亲想，一定是他的大儿子。

大哥在天津消防队时，经常被人欺负，他憨厚老实，但脾气倔，他的倔脾气一上来，就是八头牛也拉不回来。

在天津时，队友们叫他乡巴佬，他各项专业都数一数二，但照样被人嘲笑。

村里刚通车不久，村里人没有见过世面，更不懂得如何与外面的人交流。母亲想，其他人还好，出去不敢惹是生非，知道打掉牙往肚子里咽，而大哥曾经在外面受过欺负，心里本来就憋着一肚子火，这回如果再敢欺负到他的头上，他非和人拼命不可。

那天，那趟班车上所有的人都被带到了派出所，直到晚上八九点了，才陆陆续续地回来。

母亲在村口看着，不停地向回来的人打听情况。

“晓平、东子、晓为被留下了。”回来的人说。

“晓为他咋啦？”母亲听说大哥被留下了，差点昏厥过去。

“东子在县医院，晓为和晓平在派出所。”回来的人解释说，“东子可能活不了了，肠子都出来了。”

“天哪！怎么会这样？”母亲眼前一黑，一下瘫倒在地上，开始抽搐起来。

众人赶紧将母亲抬回家，母亲平躺在炕上，奶奶给母亲掐人中，嘴里不停地喊着：“晓为妈，醒醒，醒醒，晓为没事。”

母亲渐渐缓过来，这才有人把事情的来龙去脉详细地说了一遍。

村里通往唐山的班车只有这一趟，每天早晚五点半到村口，班车上每天基本都是村里收破烂的这些人。

这天，班车从唐山回来的时候，上来两个去往县城的年轻人。因为班车上已经坐满了人，这两个年轻人便靠在车门处，用轻蔑的目光不断地打量着车上这群收破烂的人。

班车行驶到马狗庄时，其中一个烫着卷发的年轻人忽然来到最前排，对着晓平喊：“起来！”

晓平和二哥同岁，刚刚初中毕业，他个子小，连一米五都不到，像个孩子。

“起来，听见没有！”卷发年轻人继续喊道，“起来，把座位给大爷坐一下！”

晓平看了这个年轻人一眼，站起来，但是小声说：“凭啥给你坐？”

“不识好歹！”还未等晓平明白过来，只见另外一个年轻人嘴里一边骂着一边掏出一把匕首就向晓平腹部捅了过来。

村里一个名叫东子的小伙子正坐在晓平旁边，说时迟那时快，东子伸出手，用胳膊一挡，匕首刺伤了他的小臂。

那年轻人没想到车上会有人出手相助，他气急败坏，对着东子的腹部连着刺了两刀，顿时，东子便血流如注。

没想到东子从自己腹部拔出匕首，用尽全身的力气，将匕首插在了行凶人的胸口。

车上人都吓坏了，卷发年轻人让司机开门，想要逃，大哥一个箭步冲上去，将卷发年轻人制服，嘴里喊着：“师傅，快！先去医院……”

行凶人死了。

东子被摘掉了一个肾。

晓平没事。

东子是正当防卫，而且，他和大哥都是见义勇为的英雄。

东子和大哥在十里八乡都出名了。

东子姓张，我管他父亲叫张大爷，管他母亲叫张大娘。

张大娘有两个儿子，其中一个儿子姓刘，是张大娘带来的。张大娘结过两次婚。

自从发生这件事情之后，村里的年轻人都开始向大哥靠拢，很快，一个名叫“十兄弟”的组织成立了。

十兄弟里共有十位年轻人，都是村里最穷人家的孩子，姓吴的、姓代的、姓刘的、姓张的、姓李的、姓王的都有。

他们的目的只有一个，就是不让村里人受欺负。

吴代庄村在县里的名气越来越大，不是因为当年的太爷爷，而是因为大哥。

不管是在集市上摆摊的，还是路边开小饭馆的，抑或是去唐山买破烂的，只要是吴代庄村的人受了欺负，只要和大哥一说，大哥都会去帮忙打架。

吴代庄村穷是穷，但是抱团儿，不好惹。

每到扒齿港集，母亲都提心吊胆，不单是大哥帮村里人打架，外村的人也有报复大哥的，集市散后，大哥总是在派出所，不是又把别人的头打破了，就是被别人打破了头。

奇怪的是，二哥并不在十兄弟的名单里。

大哥嫌二哥胆小怕事，也为了不让父母担心，尽管二哥每天念叨着让大哥带他玩，但大哥坚决拒绝，说什么也不带。

“我是你亲兄弟。”二哥说。

“越是亲兄弟越不能带。”大哥说。

“晓平和我一般大，你怎么带他？”二哥不服气。

“晓平没有哥哥罩着，你有我。”大哥看了二哥一眼。

二哥沉思片刻，又问：“那我如果被人欺负了怎么办？”

“有我，谁敢？！”大哥答。

他们兄弟两个争论半天，大哥就一句话，不要二哥参加。

那是二十世纪九十年代初期，村东的林场郁郁葱葱，每到周末都会引来城市里打鸟的人。

林场紧挨着公路，公路两端分别通往唐山市和县城。

绳庄村有人看准了商机，在路边盖了一家饭店，名为“野猪林”，饭店内还开了一间台球馆，三里五村的年轻人平时都来这里打台球。

一个周末，我正在院子里洗衣服，就见二哥慌慌张张地从外面跑来，衣服袖子也掉了一只，身上全是血。

“二哥，你这是怎么了？”我连忙问道。

“妹妹，快，帮我找两件衣服，我杀人了！”二哥上气不接下气地说了一句就跑进了屋。

“啊！”我的心像是被巨石给重重地砸了一下，怦怦地跳得厉害。

平时都是大哥在外面打架，这次怎么换作是二哥杀人了？

“二哥，怎么回事啊？你怎么会杀人呢？”我追到屋子里，快要哭出来。

“别问了，来不及了，他们在追我。”二哥说着，从柜子里胡乱地翻出一件衣服换上，开了北门，便向着村外的庄稼地跑去。

二哥杀人了。

我心惊胆战地望着地上那堆带血的衣服，久久不敢相信。

那是下午，我将那身血衣装在一个黑色的塑料袋里，藏在衣柜的最底下，我不敢洗，我不知道洗了这件血衣算不算毁灭了证据。

正在我手足无措时，母亲回来了。

母亲见我神色慌张，脸色苍白，便问我怎么了。

我忍不住哭出声来：“妈妈，二哥杀人了。”

“啊？”母亲的身体摇晃了几下，我赶紧将母亲抱住。

“你二哥人呢？”母亲强忍着继续问。

“跑了。”我指指屋后，“好像藏到庄稼地里了。”

“你二哥真杀人了？”母亲将信将疑。

我扶母亲进屋，让母亲坐在炕上，我从柜子里拿出那个装血衣的黑色塑料袋让母亲看。

血，染红了柜子里的两床新被子，那是母亲给二哥结婚准备的。

母亲种了半辈子棉花，纺了半辈子线，织了半辈子布，这些布就是为了给大哥和二哥结婚准备的。

母亲看着血衣，嘤嘤地哭着，她怕邻居听见，不敢大声哭。

我也嘤嘤地哭着，不知道该怎么办。

院子里传来一阵摩托车的响声，是大哥回来了。

大哥一进门，就问：“你二哥回来没？”

“二哥杀人了！”我拿起血衣，哭着对大哥说。

“我知道。”大哥拿起血衣看了看，“你二哥被打了。”

“啊？”母亲听说二哥被打了，才恍然大悟，原来这衣服上的血，是二哥的。

母亲一下又昏厥了过去。

大哥让我把母亲照顾好，他去庄稼地里找二哥。二哥受了伤，现在不知道怎么样了。

大哥顺着血迹在玉米地里找到了二哥。

他找到二哥时，二哥正坐在玉米地里抽泣。见到大哥，他哭得更厉害了。

“大哥，那个人没死吧？”二哥担心地问道。

“没事，别哭了，小心被人听见。”大哥对二哥说。

大哥见二哥脸上还在流血，便问二哥伤到哪儿了？

二哥流着眼泪，小声说：“头，胳膊，腿，肩膀，哪儿都疼。”

“走，先去村医那儿包扎一下。”大哥伸手将二哥拉起来。

二哥有些胆怯：“派出所来抓我怎么办？”

“没那么快。”大哥安慰二哥，说，“那个人伤得比你重，现在他们忙着送他去医院。再说了，是他们先动的手，他们那么多人打你，你砍了人也是正当防卫，别怕。”

二哥听大哥这么说，这才不哭了，将悬着的心放了下来。

大哥带二哥看了医生，又给他拿了二百块钱，让他去唐山租间房子，住在那里去收破烂。有事就给唐山那家废品站老板留言，大哥会去找他。

第十一章　判刑

直到后来大哥去派出所报了案，我才知道那天究竟发生了什么事情。

那天中午吃完饭，二哥和村里另外一个名叫小真的小伙伴去野猪林饭店打球，当时一起的还有绳庄村的两个年轻人。

二哥他们几个正打得兴起，就见一辆教练车停在了饭店门口，从车篷里下来一群穿喇叭裤的年轻人，他们全部留着长发，烫的方便面卷，一看就是城里人。

这几个人下了车，径直朝饭店走来，饭店老板笑脸相迎，一手掀着门帘，让他们进来。

他们先是问老板有什么饭菜，老板将菜谱给了他们，并逐一介绍，野猪林的特色菜就是炖大骨头和熘肥肠，剩下就是家常菜，比如懒豆腐、韭菜炒鸡蛋，等等。

这几个人点好了菜，便坐下来等。老板也去厨房帮忙了。

就在等菜的工夫，这个球台引起了他们的兴趣，其中一个卷毛召唤其他的同伴："嘿，这儿还有个球台，快来，快来，打上一局！"

同伴们闻讯走过来，卷毛伸手就抢二哥手中的球棒，嘴里还骂着："臭乡巴佬，打什么台球，拿过来！"

打台球是要缴费的。那天二哥交了一块钱，是准备要打两个小时的。

这卷毛平白无故就直接抢球棒，二哥当然不给。

谁料，这卷毛上来就给了二哥一个耳光。

二哥不甘示弱，也上前抓住了卷毛的长发。

那群喇叭裤见状，跑到车里拿来了摇把和匕首，将二哥围住了。

和二哥同村的那个叫小真的伙伴和绳庄那两个年轻人见二哥要吃亏，也上来帮忙。怎奈喇叭裤们人多，手里又有工具，很快，二哥的头上、胳膊上就鲜血淋漓了。

老板正在厨房切菜，听见外面吵成一团，不知发生了什么事，当他跑出来，见到二哥被逼到墙角，已经遍体鳞伤。

老板猛地扒开人群，将手中的菜刀递了过来："给！"

二哥接过菜刀，对着卷毛砍去。

卷毛见势不妙转身想跑，这一刀砍在了卷毛的后背上。

所有人都傻眼了。

二哥见卷毛倒在地上，鲜血从他的后背涌出，忙扔下手中的菜刀，不知所措。

"杀人了！杀人了！"有人喊，"别让这小子跑了，抓住他！"喇叭裤们一拥而上，抓住二哥的胳膊，将二哥往教练车上拖。

就在这千钧一发之际，大哥赶到了。

原来，有人跑去给大哥送信，说二哥在野猪林被打了。大哥连忙骑上摩托车赶来，正好看到这群人扭着二哥的胳膊往车上拉。

大哥手里拿着一根长棍，他加大油门，将摩托车前轮抬起来，只听"轰"的一声，冲进人群，手中长棍一阵乱挥。

喇叭裤们没见过这阵势，一愣神，二哥借机逃进了树林里。

没人敢追。

谁若敢再动二哥，大哥是要和他拼命的。

喇叭裤们将血泊中的卷毛抬到教练车上，说了一句："你等着！"便开车绝尘而去。

"我叫吴晓为，我等着你！"大哥在后面喊。

卷毛没死，但是输了好多血，住了一个多月的医院才痊愈。

卷毛出院后，派出所立了案。

不关吴晓为的事，伤人的人是吴晓存。

那个时候，二哥已经在唐山租了房子，好像早已经把野猪林事件给忘得一干二净了。

一年后的一天，二哥回到家，凌晨一点，公安局的人来了，连夜把睡梦中的二哥抓走了。

母亲受到惊吓，大病一场。

二哥被抓走后，一直没有消息，农村人没经历过这种事，不知道该去哪里问，该去找谁？

直到两个月后，父亲收到法院的传票，才知道卷毛把二哥告了，要经济赔偿，包括医药费、误工费等一共五千元，而且还要以伤害罪判处有期徒刑三年。

那时候，盖套房子三千元，娶个媳妇两千元，这卷毛开口就要五千元，父母去哪儿找这五千元钱啊。

"不行就判了吧。"父亲说，"前年刚给他盖了房子，能借的亲戚朋友都借遍了，我是实在想不出办法来了。"

母亲也哭着说："跑了一年，以为没事了呢，谁知道这么长时间了，还是被抓了。也不知道村里哪个天打五雷轰、不办人事的东西给报的信儿。这让我砸锅卖铁，也凑不上五千块钱啊。"

爷爷、奶奶、叔叔们都不想让二哥被判刑，蹲监狱，这在村里是最丢人的事，不单是丢父母的脸，更丢老祖宗的脸。但是，大哥结婚，二哥盖房，大家也都帮了忙，这次再拿出这么多钱来，谁也是心有余而力不足。

“实在不行，找找人？”爷爷出主意。

“找谁啊？咱两眼一抹黑，谁也不认识。”父亲说。

“找你晋善大哥！”奶奶忽然想起来，大奶奶家的大儿子晋善在县医院当院长，“他和副县长怎么也应该认识吧？实在不行，找那家人说说，少要两个钱？”

“对，找晋善试试。”爷爷也同意奶奶的想法。

第二天一大早，父亲便背着一小袋玉米和半袋子花生去了县城。

自从大奶奶这大儿子当了县医院院长，大奶奶便也搬去和大儿子住了。父亲正好趁这个机会去看望大奶奶。

父亲和大奶奶说了二哥的事。大奶奶说，不管怎么样，也不能让晓存判刑，咱老吴家是要脸面的人，虽然孩子们没有当官的，但也不能给老祖宗丢脸。

父亲连连称是，可是，又实在想不出办法。

“我和你晋善大哥说！”大奶奶的话让父亲吃了定心丸。

二哥在看守所被羁押的日子对于我们全家人来说，真是度日如年。

母亲整天抱着二哥的照片，以泪洗面：“老二啊，你们都是从妈身上掉下来的肉，妈咋不疼啊。你说地震时你爸把你挂在了树杈上，心里一直怨恨我们，当时你爸不是忙着救人给忘了嘛。这次你又出这事，妈是实在没钱救你呀。”

母亲正伤心地自言自语着，却见刘大娘来了，后面还牵着一个瞎子。

“晓为妈，别哭了。我把算卦的给你领来了，你抽个帖儿看看，看看你家晓存啥时候能回来。”刘大娘将瞎子领进屋，让瞎子坐在炕中央，她自己挨着炕沿儿坐下。

这瞎子母亲认识，是西高庄的，姓赵，人称赵半仙儿，抽帖算卦很准，村里谁家丢个马跑个猪什么的都找他算。

赵半仙儿让母亲抽了帖，然后拿在手里，掐指一算，说道："别愁！后天下午你把门帘掀起来，你儿子后天回来！"

“不会吧？”母亲愣住了，“怎么可能？人家要五千块钱，我们一分钱也没交，而且即使交了钱，人家也要让判三年呢！”

母亲说着又哭了起来。

“告诉你了，后天回来就是后天回来，你信不信吧？”赵半仙儿不高兴了，“信你就给我掏五毛钱，不信就不用给了。”

“信！信！”刘大娘说着，从口袋里掏出一个小手绢，她打开小手绢，从里面数出五毛钱来递到赵半仙儿手里。

“这就对了。你这卦上带着呢，又不是我乱说的。”赵半仙儿叨叨着。

送走了赵半仙儿，母亲要把刚才算卦花的那五毛钱还给刘大娘，刘大娘没要。她笑眯眯地对母亲说：“后天你就早早地把门帘掀起来，迎接你儿子回来就行啦！”

赵半仙儿算错了。

二哥不是后天回来的。

二哥在第二天下午就回来了！

母亲正在炕上躺着发呆，就见门帘一挑，二哥背着行李回来了。

母亲以为自己在做梦，她揉揉眼睛，问："晓存，是你吗？"

“妈，是我呀，我这才走了几个月，你就不认识我了？”

二哥不满意地说。

“你，你怎么回来了呢？”母亲还是不敢相信。

“你们不是给我交钱了吗？”二哥疑惑地问。

“没有啊。”母亲说，“咱家的情况你也知道，给你盖房子已经拉的到处都是饥荒了，我和你爸去哪儿找那五千块钱啊！”

“没交？”二哥也愣住了。

本以为这件事就这样稀里糊涂地过去了，直到二哥听说村里帮他打架的那个小真判了刑，他才知道，原来是晋善大爷找到法院院长，院长又找到了副县长打听情况。卷毛说：“不管怎么，只要他们给我拿五千块钱，再判三年，这事就算完。”

于是，绳庄的那两个年轻人凑了五千块钱罚款，而同村的同伴小真被判了三年，二哥这才被放了回来。

二哥去看守所看望小真时，问他：“还好吧？”

小真笑嘻嘻地说：“在这里有吃有喝，比家里好。”

二哥这才想起来，这个小真是个孤儿。

第十二章　借房

吴家大院门口的大柳树不知道什么时候树干已经长空了，里面住了好多的蚂蚁和螳螂。隔壁张奶奶家的老母鸡也把这里当成了自己的窝，每天早上都会咯咯叫着从里面跑出来，不久后，竟然还孵出一窝小鸡来。

新的枝干从树上生出来，穿透腐朽的树干，向上生长。枝干上眉毛一样的柳叶在枝条上随风摇摆，在朝阳的沐浴下，像一条条锦鲤在水中游动。

大嫂生下侄女那年，大哥瞒着父亲偷偷卖了吴家大院的房子，在村口盖了几间饭店。爷爷给饭店取名叫“仁和居”。

初中毕业后，我也辍学了。

我把侄女带在身边，一边看侄女一边写诗。

二哥也有了对象。

父亲前几年从信用社贷款买的那两头奶牛长大后又生了小牛犊，小牛犊长大后再生小牛犊，现在家里连大带小一共有四头奶牛和两头公牛。父亲让二哥在家挤奶、放牛。

村里养牛的人越来越多，父亲又联系县乳品厂，在村里设立了一个收奶站。

村东的林场不知什么时候被砍了，一处处厂房拔地而起，滦南县中红公司与日本合资的十几家养鸡场开业了。

吴代庄村逐渐热闹起来。

那个秋天，父亲卖了两头公牛，托人从遥远的东北买来一车木头，都是上梁的好松木。

二哥要结婚了，父亲这次要给自己盖房子了。

因为大哥卖了父亲名下的房子，村里不再给父亲批宅基地，父亲只好在二哥的院子里盖厢房。

厢房盖的比正房低，但梁都是父亲选的好梁，比正房的木头还要粗。

一共盖两间，父亲这次要自己盖。

二哥和泥，母亲搬砖，父亲砌墙。

我抱着侄女在一旁看热闹。

父亲越干越起劲儿，一边干活一边对母亲说："等儿子结婚了，咱俩就住厢房，这厢房这梁啊，再有场一九七六年那样的地震也塌不了啦！"

"唉！"母亲叹口气，感慨道，"这一晃十几年了，觉得啥也没干，净盖房子了。"

父亲笑着说："这回儿子们都完成任务了，咱们老两口也有了自己的房子，以后日子会越来越好的。"

"说得轻巧，老二结婚咋办，彩礼呢？"母亲还是愁。

"车到山前必有路。"父亲说，"不用发愁。"

母亲一眼瞅见我，和我商量："不用你给你二哥换亲，那你找了对象把彩礼给你二哥总行吧？"

"嗯，行。"我在一旁点点头。

"我不要，我有钱了还得给我妹妹陪嫁呢。"二哥说。

"不用，二哥。"我说，"我能挣稿费了，等我找了对象，彩礼钱就给你结婚用。"

"有闺女就是好啊，真是小棉袄啊！"母亲笑了。

一家人正说笑着，二哥的丈母娘来了。

二哥对象是邻村的。不知道听谁说父亲在盖房子，亲家母便过来看一看。

“这么粗的梁啊！”亲家母一进院儿，便啧啧称道。

“是啊，亲家母，你怎么来了？”母亲放下手中的活儿，笑着迎上去。

二哥这丈母娘长得高高大大，嗓门也大，一说话，左右邻居都能听见：“我不是听说你们在给晓存盖牛棚嘛，所以过来看看。”

母亲一愣，明明是盖的厢房嘛，怎么成了牛棚了呢？

母亲没说话，亲家母接着说：“这梁真粗啊，真壮！我亲家就是好脸面，这应该是村里盖的最好的牛棚了吧。”

“是不是，亲家？”亲家母问父亲。

“是，是！”父亲见亲家母这么说，便明白了她的意思。

这亲家母明显是不想让父母和二哥他们住一个院。

父母有两个儿子。她的担忧也能理解。

第二天，父亲便草草地将厢房改成了牛棚，把准备好的门窗当柴火烧了。

父亲的那四头奶牛住进了原本是父母要住的房子里。

村里的小伙伴们都找了婆家，她们没有给哥哥们换亲，但是都把彩礼给了未来的嫂子，我也不例外。

二哥结婚彩礼不愁了，可是父母住哪儿？

我在二哥结婚前便出嫁了，对象是母亲的表弟。母亲说，这叫亲上加亲。

我出了嫁，二哥便也结了婚，但结婚的第二天，二嫂便让父母搬出去。

搬到哪儿呢？父亲犯了愁。

大哥为了盖饭馆，把地震后父亲盖的那套宅子给卖了。现在大哥和大嫂吃住都在饭馆，父母总不能也跟着去饭馆住吧？

可是在二哥这里住，时间长了也不是办法，更何况二嫂已经提出来了，再赖在这儿，最后只能打成冤家。

“你去借房吧。”父亲对母亲说。

“去哪儿借呢？”母亲愁，“谁家有房借给咱们住呢？”

父亲想起来吴家大院对门的代严。

代严是个孤儿，兄弟两个。地震中父母都被砸死了。是他叔叔把他和弟弟养大，给他盖房娶了媳妇。

代严长大后又给弟弟盖房娶了媳妇。

去年，代严去养鸡场偷鸡，被保安发现，毒打一顿，回来便得了癌症，死了。

代严媳妇带着儿子改嫁到别人家，房子现在正好空着。

“好，我去找代严媳妇说。”母亲觉得有希望。

代严媳妇人很善良，她听说母亲要借房住，二话没说便答应了，“好的，大嫂子，正好也帮我们看看家，代严走了，我也不住，房子空下来，感觉挺荒凉的。正好你和我大哥住着，房子也有点人气。”

“谢谢他婶子了。”母亲说，“我和你大哥也不白住，每年给你二百块钱，等我们有了住处，再搬走。”

“钱不钱的无所谓，大嫂子，你和我大哥就安心住着吧。”

代严媳妇将大门和家门钥匙都给了母亲，母亲很感动，心里想着以后给代严家孩子做几件衣服来回报人家。

本来皆大欢喜的事，谁知道半路杀出个程咬金。

母亲搬家那天，代严的弟媳妇不知道从哪儿冒出来，挡着大门，说什么也不让母亲进去。

“这是我们老代家的房子，不许你住！”代严这弟媳妇尖嘴猴腮，还长着一只斜眼，一看就不是什么善茬。

“代严媳妇答应了的。”母亲说。

“代严死了，那狐狸精改嫁了，哪儿来的代严媳妇？”她斜着眼说。

母亲一时语塞，竟不知道说什么。

母亲早就听说，代严死后，这弟媳妇欺负那孤儿寡母，代严媳妇才不得不改嫁。

“出去，出去，出去！”她仗着年轻力壮，开始推搡母亲。

“这房子又不是你的，你凭啥霸着？”母亲急了。

“凭啥！凭我姓代！”她上去抓住母亲，和母亲扭打在一起。

……

等我看到母亲时，母亲躺在三叔家的炕上，全身都是瘀青。

三叔家搬到了城里，房子空着。斜眼和母亲打架时，正好三叔探亲回来，他把钥匙给了父亲，说，“大哥，住我那儿吧。”

父亲是男人，不能打女人，他看到母亲被打，把母亲背了回来。

大哥可不管什么男人女人，在他心里，母亲高于一切。他见母亲被打成鼻青脸肿，拿起木棍就跑到代严弟媳家，大闹一场，把她打得住进了医院。

父母总算是有住处了，但是常住着别人家的房也不是长久之计，我们兄妹三个一商量，每人拿出一千块钱，把三叔的房子买下了。

父亲又如愿住进了吴家大院。

第十三章　失火

南院种菜，北院养羊。

父亲从集市上买来两只小羊羔，拴在北院墙角，每天精心照料，想等这两只小羊羔长大了再生一堆小羊羔。

不料有一天，北院忽然失火，小羊羔被烧死了。

父亲感到奇怪，院墙外就一堆树根，这火是怎么着起来的呢？即使是火把树根都烧光了，但是小羊羔在院墙内，怎么会被烧死呢？说是被烟熏死的吧，小羊羔身上的毛都焦了，很明显是被烧焦的。

这究竟是怎么回事呢？如果是有人故意放火，那会是谁干的呢？

邻居们围着看热闹，母亲坐在院子里哭，不知道是得罪了村里的谁。

二哥当年打架被抓那晚，就是有人去派出所报了信。大嫂生侄女时因为不够结婚年龄，属于未婚先孕，妇联的人也来到家里把大哥新买的摩托车给推走了，说是抵了罚款。

母亲不明白，自己老实巴交，和左邻右舍相处得都不错，怎么就老有人和自己过不去呢？

父亲虽然脾气暴，但是个热心肠，在村里口碑一直很好，也不至于得罪了谁吧？

难道是外村人干的？因为大哥？

大哥自从有了十兄弟，便常帮人打架出气，肯定得罪了不少人。

母亲思来想去，也捋不出个头绪来，只好自认倒霉。

没过两天，父亲从梦中醒来，见外面火光冲天，他立马拉开灯，看了下表，正是凌晨两点，人们睡得最熟的时候。

“失火了，快起来！”父亲摇醒身边的母亲。

“啥？又失火了？哪儿？”母亲睡眼蒙眬地坐起身。

大火将整个院子都照亮了。左邻右舍也都起来了，外面是一阵嘈杂的脚步声和乱七八糟的水桶撞击的声音。

“失火啦！大家快起来救火呀！”街上有人跑着喊。

母亲打开北门，一群人涌了进来，“大嫂子，快，快，压水井在哪儿？”

“在南院。”母亲把南门也打开了，顿时哗哗的水声将鸡窝里的大公鸡也惊醒了，它在院子里扯着脖子叫着，不知道发生了什么事情。

“怎么又是后院着火？这是谁家呀？”因为前两天自家的柴垛刚被烧完，母亲心里稍稍踏实了些，肯定不是自己家的。

母亲来到后院，人们已经将火扑灭了。余烬在黑夜中一闪一闪，整个街道一片狼藉。

原来是邻居大手家。

大手家原本住南街，因为大手儿子结婚，大手和老伴没地方住，才在北街买了大哥这三间房子。

大手平时勤快，拾了几冬的柴火，这下全给烧没了。

大手媳妇围着火堆转来转去地骂着：“哪个养汉老婆干的，啊？杀人放火，还有没有王法了？啊？养汉的，也不怕遭报应？”

“别瞎骂了，回屋去！”大手训斥他媳妇。

大手是村里唯一一个吃商品粮的人，他年轻的时候在县里上班，每月挣着工资，退休后依然吃着劳保。

别看大手已经是五十岁的人了，但保养得好，白胖白胖的，和村里的庄稼人截然不同。

大手哪儿都好，就是好色，不管大姑娘小媳妇，只要是他看上了，就非要搞到手不可。因为这，大手媳妇和他吵了半辈子架。

大手家的柴垛也被烧了，母亲想，这应该不是巧合吧？

第二天，大手去报了案，没想到，却引出一件惊天动地的事情来。

放火的人是南街的二崽。

不但大手家这火是二崽放的，就连父亲家的羊也是二崽放火烧死的。

母亲气冲冲地质问二崽：“二崽子，我和你无冤无仇的，你为啥要放火烧死我家的羊啊。”

二崽不好意思地说：“大婶，对不起了，我是放错了，我以为那是大手家呢。”

母亲从来没听说过，放火还能放错了。

母亲问二崽：“二崽子，这乡里乡亲的住着，你和大手叔有啥深仇大恨啊，至于三番两次地放火？”

母亲的话戳到了二崽的痛处，他蹲在地上哭了起来：“大婶子，你别问了。”

村里人都知道了是二崽放的火，可奇怪的是，竟然没人再追究这件事。

直到一个深夜，一个女人的哭喊声再次将人们从梦中惊醒。还是大手家，这次是在南院，黑暗中几个人推推搡搡，叫骂声此起彼伏，一声高过一声。

“大手，你个臭流氓，你霸占我媳妇这么多年，你不得好死！”是二崽的声音。

“是你家媳妇愿意！她若不愿意，能跟他这么多年？”是大手媳妇的声音。

“你家男人仗着有两个臭钱，欺男霸女，现在我们不愿意了，咋？这辈子还非要跟着他不成？”又是二崽的声音。

“自己没本事，拿自己媳妇换钱，现在怪到我家头上了？”大手媳妇的声音。

……

门口的大柳树下聚集了很多人，没有人上前拉架，只是在一旁听着，边听边不时地暗笑两声。

这样吵着，骂着，打着，一直到天亮，直到有人把村干部找来了，两家才停了下来。

“咋回事啊，这是！”村支书是我三奶奶的三儿子晋升。也是我叔伯叔叔。我叫他三叔。

三叔把大手、大手媳妇，还有二崽和二崽媳妇叫到一起，询问事情的缘由。

二崽哭着说：“三叔，你不知道，从地震那年开始，大手就霸着我媳妇，这一晃，我儿子都十八岁了。整整十八年了呀！”

三叔一愣：“不可能吧？霸了十八年，怎么可能？”

“咋不可能？”二崽越想越窝囊，边哭边向三叔哭诉。

二崽从小无父无母，跟着哥哥长大。地震那年，有人给他介绍了一个姑娘，这姑娘虽然丑，但心地善良，也不嫌他家穷，两个人便结了婚，那年正是一九七六年的八月。

地震那天傍晚，二崽媳妇去地里割草，正好遇见在地里转悠的大手，大手趁二崽媳妇不备，便将她按在玉米地里强暴了。

二崽媳妇回到家，哭着和二崽说了这件事。二崽气得要去找大手拼命。

二崽媳妇拉住了二崽，哭着说：“二崽，咱俩刚结婚，这事如果让村里人知道了，我就没脸活了。”

“这哑巴亏，咱们就这样吃了不成？”二崽咽不下这口气。

“要不就报警。”二崽媳妇看看二崽，小声说，“让他进去蹲个十年八年的，省得在村里再祸害人。”

“行，明天我就去派出所报案。”二崽点点头。

二崽和媳妇商量了半宿应该怎么办，他想等到天亮去报案，谁知还没等到天亮，地震了。

庄稼被淹，牛羊被砸，哀嚎遍野。

天塌了。

这时候二崽媳妇才觉得自己那点事根本不是事儿，今后该怎么活下去才是大事。

村里所有人都活不下去了，只有大手不受影响，他是吃商品粮的，有工资。

二崽不想就这么便宜了大手，他找到大手，问事情想怎么解决。

大手担心二崽报警，便问二崽：“你说吧。”

二崽想了想，说：“本来我是想报案的，不过这地震了，日子还不知道咋过呢。”

大手看出了二崽的心思，便说：“这样吧，我说个解决的办法，你看行不行。”

“你说。”二崽让大手说说看。

“地震了，日子都不好过。不过，我这儿不受影响。你看这样行不行，我每月给你五块钱，你让你媳妇跟着我。”大手试探道。

“跟着你？拉帮套？”二崽问。村里拉帮套的也很多，二崽听说过。

“不是拉帮套。不明着。”大手说，“这事只有你知我知，还有你媳妇知道，再没有第四个知道。”

“那是咋个跟法？”二崽没明白，“每月给五块钱，一直给，给到老，给到死，能有这好事？”

“当然不是白给。”大手解释说，“我每天早上五点去你家，你得给我腾被窝。我每天只去一个小时，六点就走，省得村里人看见。”

二崽想了想说：“我和我媳妇商量一下吧，看她是啥意思。”

“好，”大手眯起一双小眼睛，笑着说，“这是两全其美的事，你和你媳妇好好说一说。如果她也同意的话，咱们就签一份协议，这份协议终生有效。”

三叔听完，不敢相信自己的耳朵，“这是真的？”

“是。”二崽答。

“那，最后你媳妇也同意了？”三叔又问。

“是。”二崽又答。

“那，现在怎么又不愿意了呢？”三叔不明白，“十八年了，原来你们还有这样的勾当。”

“现在儿子长大了，我们不愿意了呀！这样下去，儿子怎么找媳妇呀。”二崽说着又哭了起来。

“可是咱们是有协议的。”大手从一个公文包里把一份协议书拿出来递给三叔。

三叔接过来一看，果然，上面写着大手、二崽和二崽媳妇的名字，名字上还按着手印。

“荒唐！”三叔没想到，吴代庄村竟然会出这样的事情。

“丢死人了呀，我没法活了啊……”二崽媳妇大喊了一声，哭着撞向了南墙。

众人将二崽媳妇拦住。

“行了，行了，这事就到此为止吧，谁叫咱当初日子穷呢？大伙儿都理解。”三叔劝二崽媳妇想开点。

“大手，二崽，你俩这协议也到此为止了啊。说出去，丢不丢人！”三叔说着，把手中的协议书一撕，扔到猪圈里。转身走了。

大手和二崽互相看了一眼。

这么多年来，二崽每天凌晨四点起来就出门，他不愿意在家门口待着，更不愿意听到自己媳妇和别的男人叫床的声音。他每天骑上三轮车去唐山收破烂，十八年了，二崽成了村里最有钱的人。

大手每月给二崽五块钱，也已经成为习惯。虽然他已经老了，没有身体上的需求了，但他还是习惯每天早上五点去二崽家里，和二崽媳妇说说话。

情是啥？是天长日久生出来的。

“算了，以后别来往了。”大手冲二崽媳妇一摆手，进了屋。

二崽媳妇满脸是血，坐在院子里，目光呆滞，一言不发。

第十四章　跳井

代严的弟弟代好跳井了。

那个秋天的下午，代好媳妇坐在南卷子岗的水井旁，号啕大哭。井边，是被一块床单遮盖着的湿漉漉的尸体。

尸体是父亲帮忙捞上来的。父亲曾经在打井队上班，有过下井的经验。

按说，代好媳妇因为借房的事将母亲打得鼻青脸肿，母亲不应该再让父亲去帮忙捞尸体，但是，当母亲看到代好的儿子小布哭着跑来找父亲帮忙的时候，母亲心软了。

“大娘，你让我大爷帮我把爸爸捞上来吧。”小布抱着母亲的腿，边哭边哀求。

“你爸咋啦？小布。”母亲问。

“我爸，我爸……”小布抽噎着，断断续续地说，“我爸跳井了。”

说完，小布蹲在地上放声大哭。那哭声让母亲也忍不住跟着掉下眼泪来。

“跳井了？在哪儿？”父亲急忙问。

“南卷子岗。”小布的手指指向村南。

父亲随手从猪圈里拿起一条绳子，便向南卷子岗跑去。

等母亲和小布也来到南卷子岗时，代好已经被父亲捞出来了。

但是已经晚了，代好已经死了。

小布坐在代好的尸体旁，只是哭。

斜眼一手抓着被单，一手抓起地上的沙土往空中扬着："代好啊，你咋这么想不开啊！你走了，让我们孤儿寡母怎么过呀！"

无论她怎么哭，此时的代好再也听不到了。

代严媳妇听说代好跳井了，也急急忙忙地赶来。

她一见代严媳妇，起身便向代严媳妇扑了过来，嘴里咒骂着："你这个妨人的女人，你还逼死了我家代好，这回你满意了吗？你给我家代好偿命……"

众人赶紧将她拉开。

父亲忽然吼道："代好死了，你还这么闹，还不长教训是吗？"

可能是因为看在父亲将代好捞起来的缘故，她没再说话，回到代好的尸体旁边，重新坐下，又开始哭号："代好啊，你被这娘俩欺负的好惨啊，若不是他们，你怎么会走这一步啊……"

众人见她还不反省自己，反而将错怪到代严母子身上，不禁摇摇头，拉着代严媳妇散去了。只留下村委会的人和斜眼母子在那儿处理现场。

当年母亲借房不成，我们兄妹三人出钱将三叔家的房子买了下来，父母才有了住处。

而代好媳妇出院后便把代严留下的房子据为己有。

她先是将所有的门换了锁，接着又拆掉了两家中间的院墙，两个院子成了一个院子。

代好总觉得这样不好。毕竟小跑是代严的亲骨肉，虽然代严死了，代严媳妇改了嫁，但小跑走到哪儿都姓代啊，这房子本来就应该留给小跑。可自己媳妇怎么说也不听，这让代好觉得很憋屈。

这些话代好和媳妇不能讲，一讲就吵架，一吵架她就一哭二闹三上吊。

“小跑他妈带着他改嫁，他管别人叫爹去了，凭啥咱老代家的房子还给他留着？他想得太美了吧？”她扯着脖子吼。

“这房子本来就是大哥的，大哥的就是小跑的。就连咱们的房子也都是大哥盖的。”代好争论道。

“大哥，大哥，你大哥都死了还大哥啥，大哥！她改嫁了就和老代家无关了，小跑就成了别人家的野种，这房子就没有他的份儿！”

媳妇不讲理，代好拿她没办法，只好装哑巴，不作声，她想做什么就随她去。

谁料，小跑这继父不干了。

小跑继父姓张，是张大爷的大儿子，因为穷，家里兄弟多，被耽误了，到四十多也没结婚。

代严死后，有人看代严媳妇可怜，就把她介绍给了张大志。张大志对小跑视如己出，对小跑妈也是知冷知热，一家三口日子平淡却也幸福。

但是，大志家穷，给小跑盖房娶媳妇，有些费劲。大志就想，小跑亲爸留下的那几间房子就应该是小跑的。

起初，随便代好媳妇怎么说、怎么做，大志和小跑母子俩都不吱声，直到有一天，她要找村委会盖章改名卖房子，大志才急眼了。

大志也找到村委会，指着会计的鼻子，说：“我看谁敢把房基地名字给我改了试试？”

会计也姓代，他赔着笑，说：“代好是老代家的人，小跑也是老代家的人，手心手背都是肉，我们也不好办。”

“这房子是谁的？”大志大声质问道。“房本上面写的是谁？”

“代严。”会计答。

“代严死了，这房子是谁的？”大志又问。

“代严媳妇的。”会计接着答，“不过，代严媳妇改嫁了，这房子……”

“改嫁咋了？改嫁了这房子就成村委会的了吗？”大志气得涨红了脸。

“村委会哪儿敢要。”已经当了村长的二拐叔在一旁接话：“改嫁了，房子就归代好了。”

“你再说一遍！”大志急了，如果不是代严媳妇拦着，他真想揍他们两拳，“小跑妈就是带小跑走到天涯海角，这房子也是小跑的！我看谁敢给我改个名试试？无法无天了你们！”

“没改，没改。”会计一看这架势，不敢再多说话，怕万一大志真的动手，自己会吃亏。

房子没卖成，代好媳妇心里气不顺，她又想出一个办法，就是搬家。

她让代好把家具被褥都搬到了代严的房子里。她心想，只要自己霸着这房子，一直住着不走，小跑他们母子俩就拿她没办法。

代好媳妇在代严这房子里一住就是两年，让她没有想到的是，自从住进代严这房子，自己家就事事不顺。

先是代好上房晾小麦，从房上掉下来摔断了腿；接着自己喂牛时被牛顶断了两根肋骨；再后来是小布三天两头发烧。

她这才有点怕了，这宅子莫不是凶宅？

她想起代严当年去鸡场偷鸡，被保安发现，用铁棍打得半死，鸡场里的人将他送回家时，看他情况不好，也曾问他："要不要去医院？"

代严怕自己偷鸡的事暴露，被人笑话，便说："没事，养几天就好了。"

谁知道，过了没一个月，代严就死了。

村里的赤脚医生也来看过，说是脏器出了问题。

当时没细想，脏器出了问题是啥问题呢？会不会是被打得伤了脾或者伤了肺呢？

代严死后，代好媳妇去养鸡场想要钱，代严偷鸡被打的事才逐渐在村里传开。

她回想着代严死时的情景，再想想自从搬到代严这房子里以来发生的事情，又把怨气撒到代严媳妇的身上。

"这个坏心肠的女人，你大哥死后不到一年她就急着改嫁，你大哥心里肯定不甘，现在所有的报应都报在咱全家人身上了。"她对代好抱怨道。

代好看也不想看，听也不想听，懒得理她。

代好想起她还没进门的时候，大哥大嫂和他，还有小跑，一家人其乐融融，自从她进了门儿，这个家便再也没有过笑声。

她嫌代好家穷，每天不是抱怨就是咒骂。那年，村里刚有人将黑白电视换成了彩电，她就又开始唠叨个不停。代严为了满足她的愿望，才想到去鸡场偷鸡，卖了钱给兄弟家换彩电……

媳妇在一旁越骂越起劲儿。代好忽然哭了起来。他对着炕沿跪下，说了声："大哥，我对不起你。"便起身开门，向南卷子岗跑去。

她一下愣住了，等她明白过来，下炕去追时，已经晚了……

代好也死了。

她也成了寡妇。

代严还有代好留下的这六间房子都给了她。

她想改嫁，可是村里都说她妨人，没人敢要她。

她在这宅子里住着每晚做噩梦，没过多久，便精神失常了。

小布被送到了镇上的孤儿院，她被送进了镇上的养老院。

孤儿院和养老院还住着村里的其他几个孤儿和傻子。

每到秋天，村会计都会挨家挨户收小麦，每家五斤，用来供养孤儿院和养老院的人。

家家户户都会给，看在代严兄弟的面子上。

人们想起代严兄弟，总会叹息道：“苦秧上怎么会结出甜瓜来呢？”

第十五章　买妻

村里人有的去唐山收破烂，有的在家养奶牛，人们的日子逐渐好起来了。

不那么穷了，爷爷奶奶便寻摸着想给老叔娶媳妇了。

当年，奶奶想让老姑给老叔换亲，老姑不愿意，爷爷也不愿意，奶奶只好作罢。

老姑远嫁后，村里也有上门给老叔提亲的，但是那些姑娘不是瘸子就是瞎子，奶奶说啥也不同意。

“穷富不怕，就是傻子、瞎子、聋子、拐子不行。”奶奶每每这么说，都会遭到刘大娘的白眼，奶奶忘了，刘大娘家二拐就娶了个瞎子。

“管他是瘸子还是瞎子，反正我现在是儿孙满堂。”刘大娘炫耀着。

瞎婶嫁到老刘家后，接连给老刘家生了一个姑娘和一个小子。

奶奶虽然也有些羡慕，但是让老叔娶个残疾人回来，奶奶还是不乐意的。

“我们老吴家没有缺胳膊少腿儿的，更没有傻子呆子。”奶奶说这是老祖宗的庇护。

说来也奇怪，那个年代村里傻子、呆子、瞎子、瘸子，还有哑巴多得很，但太爷爷传下来的这几辈子孙没有一个有毛病，个个儿都是双眼皮、大眼睛，不但一表人才，而且天生聪慧。

这样一晃，老叔已经三十出头了。之前是因为穷，娶不起媳妇，现在有钱了，爷爷奶奶便着急了。

南街也有一个三十多没有娶上媳妇的光棍，名叫老五。老五这几年去唐山收破烂攒了些钱，他竟然拿着钱跑去贵州，并且从贵州带回来个姑娘。

这姑娘看起来也就二十来岁，长得水灵灵的，尤其那皮肤，和村里人截然不同，白白嫩嫩的，好像一把能够掐出水来。

这么漂亮的姑娘竟然成了老五媳妇，这事儿一出，在村里像是炸了锅。

村里的光棍们都动了心思。

“老五，你从哪儿捡了个这么好的媳妇？”有人问。

老五笑着说：“什么捡的！花钱买的。”

“啥？”那人没听清。

“我说，我花钱娶的！”老五忙改口道。

“花多少钱娶的呀？”那人刨根问底。

“多少钱？”老五先是伸出食指，然后又伸出巴掌。

“一百五？”那人惊讶地说。

“想得美！”老五看了那人一眼，低声说，“人家可是黄花大闺女。”

“那是多少钱啊？”那人又问。

“一千五。”老五转身走了，回过头，又说，“你想娶，我让我媳妇给你介绍一个。”

“说话算数啊！”那人追上几步，又停了下来，心里嘀咕着：“说是娶，其实不就是花钱买的嘛，一千五买个侉子，我得回去琢磨琢磨。”

一千五便可以领个媳妇的消息很快便传遍了三里五村，邻村的光棍汉们也都开始往老五家跑，想让老五媳妇给他们也买一个回来。

那年冬天，老五媳妇从贵州带回来三十多个姑娘，都分给了三里五村的小伙子们，他们有的是年龄大了，有的是腿脚稍稍有些毛病，也有的是家里穷，花一千五买个贵州姑娘比花三千块钱娶个当地的媳妇还是要便宜得多啊。

老叔也买了一个。

老叔和老五是好朋友，老五最后要了一千。

“就当是留个路费吧。”老五这样和老叔说。

姑娘名叫玉琴，那年刚满十九岁，长得娇小玲珑，爱笑，一笑起来便露出两颗可爱的小兔牙。

十九岁的玉琴成了我的老婶。

老婶二十岁那年，生下了一对双胞胎，因为老婶年龄小，这对双胞胎便由爷爷和奶奶带，老婶还像个小姑娘一样。

老婶是后来才知道老五收了老叔一千块的。

贵州姑娘在冀东这片土地上扎根的越来越多，老五开的价也越来越高，慢慢地，从一千五变成了两千，从两千又变成了三千。

老五也逐渐成了村里最有钱的人。

而这些被卖给人做媳妇的姑娘们，并不知道自己是被老五卖给人家的，她们来的时候是自己拿的路费，根本没有花老五和老五媳妇的钱。

时间长了，这些贵州来的媳妇们便不干了。她们联合起来，一数人数，一算账，这两年，老五竟然带过来八十多个姑娘，收入足足有十多万！

怪不得老五家很快就翻盖了五间新房，还建起了养牛场，老五媳妇每天穿得花枝招展的，赶集上店，吃香的喝辣的。原来，都是姐妹们的卖身钱。

终于有一天，老五和老五媳妇都被派出所的人抓走了，有人去派出所告状，说老五和他媳妇贩卖人口。

“这下老五算是完蛋了。”人们议论着。

“估计得判死刑！”

“死刑不死刑的不敢说，但判个十年八年的肯定有。”

“这老五，这两年捞钱捞疯了，村里人的钱也敢挣！”

“说句公道话，其实，这两年如果没有老五，咱们村的光棍们能一个个都过上老婆孩子热炕头的好日子？”也有人开始替老五说话。

几天后，老五和老五媳妇先被放了回来。派出所的民警开始挨家挨户地调查情况。

八十多个被买来的媳妇，没有一个要回去的。

老叔憨厚老实，对老婶疼爱有加，更何况老婶生了一对双胞胎，怎么舍得回去呢？

老婶刚来时，就让我给她父亲写过信，我也如实和老婶的父亲讲述了村里的情况。

老婶生孩子时，她的父母亲从几千里地之外的贵州深山里赶来，还带来两担子贵州那边的特产。

老婶的父母亲在这里住了近两个月才走的，走时父亲和叔叔们又给老叔筹了一千块钱，给老人家带走了。

没过多久，老婶的妹妹也来了，而且和二哥的小伙伴搞起了对象，两个人年龄相仿，一个壮实，一个秀气，青梅竹马的样子让人心生羡慕。

其他人的情况也差不多。

即使是嫁给了瘸子、拐子，生活生产也不误。最主要的是，吴代庄的光棍们知道疼老婆，疼孩子，花钱买来的媳妇，更是像伺候祖宗一样伺候着，谁舍得扔下好好的日子不过再回到深山里呢？

这种结局是派出所的民警没有想到的。

怎么办呢？

最后，在办案民警的调解下，老五将钱退给了买媳妇的光棍们，而光棍们再拿出一半的钱作为罚款上缴。这样的处理结果，堪称皆大欢喜。

第十六章　田鸡

那年夏天，连着下了几天几夜的大雨，整个村子成了一片汪洋。

恰好春天时，我父亲和小军的父亲、爱玲的父亲承包了爷爷家门口的池塘，几个人往池塘里投放了一万多条鱼，盼着秋天能够卖个好价钱。

谁也没想到，雨后池塘决堤，庄稼地里到处都是从池塘里跑出来的鱼。

村里的男女老少都拿着大盆、拿着网子，甚至拎着裤管儿，在庄稼地里逮鱼。

水退回去后，池塘里的鱼已经所剩无几，父亲眼看着投进池塘的钱血本无归。

那时候大哥的饭店也因为没有客源而关闭了，闲来无事的大哥看着愁眉不展的父亲，想出一个赚钱的好买卖。

“爸，我有个好买卖，不用本钱，做不？”大哥问父亲。

“啥买卖啊，不用本钱？“父亲将信将疑地问。

“你说现在庄稼地里什么东西最多？”大哥笑着问。

“鱼？”父亲还惦记着他的鱼。

大哥一笑，“鱼早被人逮光了。”

“那啥最多？”父亲猜不出。

“你听。”大哥神秘地说。

父亲听不出什么来，只听到处都是“呱呱”的声音。

“猜不到，别卖关子了，快说。”父亲着急了。

大哥笑了：“青蛙呀。”

“那有啥用。”父亲嗤之以鼻，“小时候你们挨饿，没吃的，逮过蛤蟆吃，现在谁还吃这个。”

“爸，现在也有人吃，城里人管这青蛙腿叫田鸡腿，饭店里卖得可贵着呢。”大哥解释说。

“那得咋逮呀，这十只八只也没法卖呀。”父亲犯愁。

“这个你不用管。你只要和左邻右舍说一声，告诉大家我在收青蛙，五分钱一只，让他们每天晚上十点来咱家大柳树下交货拿钱就行。”大哥如是交代父亲。

父亲高兴极了，虽然他不知道青蛙腿能卖多少钱，但听大哥这话，他知道这是一桩只赚不赔的好买卖。

很快，村里人便都知道大哥在吴家大院的大柳树下收青蛙的事。刘大娘，张大爷，歪嘴婶，村里不管男女老少，全部出动，开始满庄稼地逮青蛙。

青蛙白天不好逮，白天它不出声，人们不知道它藏在哪儿，但是一到傍晚，四五点钟，青蛙开始出来吃害虫。

人们拿着手电和蛇皮袋，钻进庄稼地里，听到青蛙的叫声，拿手电一照，趁青蛙愣神的空，便把青蛙捉在手中了。

歪嘴婶最能逮，一晚上能逮一百多只，卖五六块钱。刘大娘年纪大了，手脚慢，一晚上也能逮三四十只。反正晚上的工夫，闲着也是闲着，能赚两块是两块。

吴家大院每天晚上灯火通明。

二哥负责记数，大哥负责点钱，大嫂和母亲则负责剪青蛙腿。

后来，人们逮来的青蛙越来越多，大嫂和母亲忙不过来，干脆又雇了歪嘴婶帮着剪，剪一只一分钱，歪嘴婶一宿也能够赚七八块钱。

父亲没问过大哥一晚能赚多少钱，他只看见大哥将一摞摞钞票放进卧室写字台的抽屉里。父亲知道，他承包池塘赔的钱，应该是赚回来了。

对门的林头见收青蛙腿这买卖赚钱，不知从哪儿也联系了收青蛙腿的，他也开始招呼左邻右舍的人去他那儿交货。不过，他在村里人缘差，去他那儿的人不多，没收几天，他就不收了。

这样大概一个月之后，一天凌晨，警车忽然停在了吴家大院门口。

几个警察从车上下来，手里拿着警棍和手铐，还没等大哥和二哥反应过来，已经有警察过来给他俩戴上了手铐。

又有警察冲进卧室，拿走了账本和抽屉里的一万多块钱。

歪嘴婶吓得尿了裤子，其他人也早就吓跑了，警车带走了大哥和二哥，灯光下的吴家大院，只剩下惊魂未定的父亲和母亲。

第二天，村里人便从电视上看到了大哥和二哥。他俩戴着手铐，出现在了滦南新闻里。

“老吴家的两个儿子！”村里人有的安慰母亲，也有的暗地里看热闹。

当天下午，二哥回来了。

大哥把全部责任都揽在自己头上，说不关二哥的事。

二哥说：“大哥被拘留七天，罚款两千。”

大嫂一听，急了，说：“警察从抽屉里拿走那些钱是一万多，里面还有我的嫁妆钱呢。”

“谁让你把嫁妆钱往抽屉里放了。”二哥又气又急，“我大哥身上当时有两千，他塞给了我，我上车前扔到了树洞里，看看还在不在？”

大嫂一听，忙跑到大柳树下去找，果然，一卷人民币躺在树洞里。大嫂不由得夸赞道：“晓存就是比他大哥聪明。”

大哥在那天晚上也回到了家，电视上说拘留七天，罚款两千，只是杀鸡儆猴罢了。

大哥回来，还是派出所所长开车将大哥送回来的。

大哥一路上觉得纳闷，他想不通，会是谁举报的呢？村里人不管男女老少也都得了利，他们怎么还会背后给他穿小鞋，做出这样的事情来呢？

大哥和所长像是兄弟一样，他问所长，所长笑着说，是绳庄村的一个光棍报的警。这个光棍本来举报的是对门林头家，警车开到林头家门口，但林头家没亮灯，他们见吴家大院的大柳树下亮着灯，便开车过来了，谁知误打误撞，将大哥和二哥抓了起来。

原来是这么回事。大哥心里稍稍平静了些。

绳庄这个光棍为啥要举报林头呢？林头和这个光棍又有什么深仇大恨呢？

所长又说：“当年，这个林头的小姨子和这个光棍搞对象，两个人订了婚，也住在一起了，但是后来因为彩礼拿不上，女方不愿意了。”

“那不愿意就分了，这和林头又有什么关系呢？”大哥不明白。

所长笑了，说：“你们村这林头够差劲的，他让他小姨子把这个光棍告了，说人家强奸他小姨子了，所以，这光棍被判了三年有期徒刑。这不，现在出来了，就想着要怎么报复呢。”

“还有这事儿？”大哥听了不由得叹了口气，自认倒霉。

“你可不能往外说啊。”所长嘱咐着，“因为接到举报，电视台的记者也跟着来了，你们是撞在枪口上了，没办法，所以才上了电视。不过也没关系，你吴晓为的大名远近闻名，大家正等你露个脸儿呢。也没啥，以后注意就是了，别再做违法的事啊。”

大哥笑着说是。

父亲没想到捉青蛙是违法的，他见大哥平安无事地回来了，悬着的心也就放回了肚子里。

“没事，咱老吴家人还没上过电视呢。”父亲开玩笑地说。

“又不是啥光彩事。”母亲嗔怒道。

“捉青蛙嘛，又不犯法。”父亲说。

“咋不犯法，不犯法能上电视？”母亲又道，“还有晓为媳妇的嫁妆钱，都被那群人给拿走了。”

“到那个时候了，谁还管你嫁妆钱不嫁妆钱的，只要他们看见，就是公家的钱了。”父亲说着，笑了，“好在老二聪明，往树洞里还藏了两千。”

“爸，你不常说嘛，钱是王八蛋，没了再去赚。”大哥也笑了，接着说，“车到山前必有路。别担心，爸，你承包鱼塘的钱我指定给你赚回来。”

父亲很欣慰。

他相信他的大儿子有这样的本事。

第十七章　保安

父亲去鸡场上班了，当保安，每月工资三百。

中红养鸡场共有三十多个分场，父亲是在第四分场，第四分场就紧邻先生家坟。

父亲坐在鸡场的大门口，看着眼前一座座的土坟，常想起他的爷爷——我的太爷爷来。

父亲没有见过太爷爷，但是他从太奶奶口中得知了关于太爷爷的很多事情。

虽然太爷爷后来没有考中举人，并且假传圣旨，遭受天谴，暴病身亡，但是在太奶奶眼里，太爷爷依然是吴代庄村的骄傲。

“我家老爷是秀才。”太奶奶见谁都这么说。

太爷爷死后，太奶奶带着六个孩子回了娘家，她那做律师的父亲瞧不起这些穿得破破烂烂的孩子，便叫他们“小讨饭的”。

太奶奶不爱听，不愿让孩子们受委屈，便再也不去父亲家。

太奶奶去到滦县，走街串巷，带着几个孩子一路乞讨，将孩子们养大成人。

除了姑奶奶外，我五个爷爷全都当了兵。

先是十八岁的二爷爷战死，接着是刚刚娶妻生子的大爷爷去世。

五爷爷胆小，一次战役中，三爷爷是连长，爷爷是指导员，五爷爷是小号手，三爷爷和爷爷指挥着全体战士和日本鬼子决一死战的时候，冲锋号还没响，五爷爷便倒了下去。

三爷爷和爷爷以为五爷爷牺牲了，直到后来三爷爷和爷爷回到家，跪在太奶奶面前请罪，太奶奶扑哧一声笑了，他们才知道，原来五爷爷没死。

当时三爷爷一说“冲”，五爷爷便假装中弹倒在了地上，当时所有人都喊着“冲啊！杀啊！”向前跑，日本鬼子用机枪扫射，很多人都应声倒在了枪林弹雨中。就在那时五爷爷趁着混乱偷偷跑回了家。

这件事把三爷爷和爷爷气得半死，但太奶奶并不生气，太奶奶娇惯她的小儿子，比起她小儿子的命来，当个逃兵算不得什么，就如太爷爷当年假传圣旨一样，在太奶奶眼里也算不得什么，只要太爷爷保住了命就好。

爷爷是兄弟几个中唯一上过几年私塾的人，“文化大革命”时，父亲担心爷爷挨批斗，便率先举起了大旗当了村里“文化大革命”小组的组长，目的是为了保护爷爷。

奶奶是地主家的小姐，奶奶的母亲，也就是父亲的外婆在青坨营镇上被绑到台上挨斗，父亲拿着大刀跑过去，冲着人群喊：“谁敢动我外婆！”

父亲年轻时也是一个响当当的人物，村里唱评剧、耍皮影都是父亲带头，那时候村子穷，光棍多，父亲从唐山请来戏班子在村里搭台唱戏，成就了许多姻缘。

父亲回忆着，看着太奶奶的坟，仿佛看到母亲生下我时的情景。

太奶奶坐在炕上，仔细端详着我，我也仔细端详着太奶奶，我冲太奶奶一笑。忽然，太奶奶一根面条噎在喉咙。

那是我出生第三天，太奶奶吃汤时被撑死了。

村里人知道父亲在鸡场当保安，便隔三岔五地去找父亲要鸡吃："大叔，有刚死的小鸡不？给弄两只，他们扔了也是扔了，怪可惜的。"

父亲笑着说："有呢，还热乎着呢，我从西墙那边扔过去，你去取啊。"

因为穷，村里人啥都吃，邻村谁家的死猫烂狗，甚至得了瘟疫的猪，只要扔到村东的乱岗子上，立刻就会被人捡走。

我也吃过老叔炖的瘟猪肉，他加了大量的花椒大料和辣椒，那味道香得很，根本吃不出是瘟猪来。

人们身体内也好像已经产生了抗体，不管吃什么东西，也从来没有过痢疾拉稀这样的症状。

父亲让工人挑了两只肥大的死鸡，隔着西墙扔了出去。

拿到死鸡的人满心欢喜，连声说着："谢谢大叔，等你哪天休息，我准备点酒菜，找你喝酒去啊。"

村里来鸡场找父亲要死鸡的人越来越多，也越来越频繁。鸡场的鸡快出栏时，一只只肥大的死鸡被工人从鸡棚里推出来，父亲见了心疼，忙说："别扔，别扔，我让村里想吃的人来取。"

父亲在鸡场当保安的那个秋天，是村里人像过年一般的秋天。

忙着秋收的人们从地里回来，路过鸡场，总能得到父亲隔墙给扔过去的两只死鸡。他们累了一天，回去将鸡肉炖上一锅，再来上半斤烧酒，吃完喝完美美地一睡，那感觉真是赛如神仙。

这样没几个月，大哥便找到父亲，不让父亲在鸡场当保安了。

"为啥？"父亲不明白，问，"我当得好好的，为啥你不让我当了？"

"爸，你别问了，你辞了就是了，我每月给你五百块钱，你在家待着就行。”大哥不说什么原因。

“你每月给我五百？”父亲不信，疑惑地问，“你哪儿来的钱，每月给我五百？”

“哎呀，爸，让你别问，你就别问了。”大哥说着，从兜里掏出一叠钱来，数出五百，放在父亲手里，说，“爸，这五百你先拿着，等下个月，我再给你拿。”

父亲见大哥这么说，也就作罢。但是父亲闲不住，他不在鸡场当保安了，又有人找他去村口的加油站，也是当保安，不过这里比鸡场工资还高，每月五百。

加油站紧邻着大哥的饭馆。

大哥的饭馆倒闭后，大哥和大嫂也一直住在这里，这里成了大哥的家。

这个家院子很大，占地有四五亩。每天父亲见大哥都是半夜十一点出门，凌晨四五点才回来。他们那十兄弟买了一辆货车，每天回来，货车都开进院子里，后面的车斗盖得严严实实，看不到里面拉的是什么。

白天，院门紧闭，但是听得到院中哗哗的流水声，闻得到阵阵腥气。

后来，父亲才知道，原来三十多家养鸡场的死鸡都被大哥他们兄弟承包了。他们联系了乐亭县的刘美烧鸡，将死鸡收拾干净后，卖给刘美，刘美再做成烧鸡，送到各个集市上卖。

一只刘美烧鸡卖十八块钱，刘美从大哥这里买白条鸡是八块钱，大哥从鸡场买这死鸡花多少钱呢？

大哥说，当然是不要钱。

不要钱归不要钱，但大哥不能不给，每个场长家里都有大哥送的彩电冰箱，每个场长媳妇手上都戴着大哥送的金镏子。

三十多家养鸡场，一家鸡场每天死两百只鸡，三十多家鸡场就是六千多只，一只鸡卖八块钱，六千只鸡卖多少钱？

那段日子，大哥他们十兄弟每晚都能分四五千，很快，这十兄弟在村里建起了养猪场、养牛场、收奶站。

两三年后，中红养鸡场不得不宣布破产了。

父亲奇怪，中红养鸡场最后怎么破产了呢？

原来，到后来，场长们和工人们故意将快出栏的鸡弄死，然后当死鸡卖给外面的人。

等到出栏时，活鸡越来越少，日本人无奈，便撤了资，滦南县这家合资企业就这样宣告破产了。

日本人走了，村东又恢复了寂静，只剩下一排排狼藉不堪的厂房。

第十八章　古书

爷爷死了。

爷爷死时，才七十三岁。

爷爷常说，七十三，八十四，是个坎儿。

爷爷有一次吃瘟猪肉，吃坏了肚子，从那时起，爷爷的身体就一直没有缓过来。

村里操办红白喜事的人说，爷爷是村里最有文化的人，老吴家又是村里最有名望的家族，应该给爷爷大办，三十二个喇叭，连吹三天。

爷爷在弥留之际，不停叫我的名字，“燕子，燕子……”

奶奶让二叔家的二妹来南街喊我，那时候我已经出嫁了。

听说爷爷快不行了，我疯了一样往吴家大院跑。

老叔结婚后，爷爷奶奶和父亲母亲同住在吴家大院里，那个时候爷爷身体就已经不好了，他每天坐在窗前的板凳上，看着吴家大院门口的大柳树，许多喜鹊和乌鸦飞来飞去。

爷爷在半夜常听到咕咕鸟在大柳树上叫，那叫声让人毛骨悚然。

“又有人要死了。”爷爷说。

“前排的老张吧？”奶奶迷迷糊糊地答。

“我也快了，七十三了。”爷爷知道自己的身体不好了，但是从来不说，也没看过医生。

“瞎说，你还早着呢，你妈活到九十呢。”奶奶嫌爷爷胡说八道。

爷爷一笑，说：“我爸死时才三十八。”

“那不算！”奶奶说，“你爸是遭到天谴了嘛。”

“唉！”爷爷叹口气，说，“从那以后，咱老吴家的日子就没好过。”

“咱村里人的日子也没好过。”奶奶翻了个身，打了个哈欠，“快睡吧，旧社会，日子都不好过，往后啊，咱的日子就好过了。”

不一会儿，奶奶就进入了梦乡，只有大柳树上的咕咕鸟在黑夜里发出诡异的叫声。

爷爷好像看到太爷爷和太奶奶向他招手，爷爷轻叹一声，自言自语道：“该走了。”

我进了屋，哭着喊：“爷爷！”

“哎！”爷爷忽然坐了起来。

众人被吓了一跳。

父亲和叔叔们高兴地喊：“爸，爸，你醒了？”

奶奶嘘了一声，让他们兄弟几个安静。

“回光返照。”奶奶悄声说。

“那书，柜子上那摞书，给你。”爷爷伸手指指墙角的柜子。

我哭着点点头。

爷爷说完这句话，头一歪，便咽了气。

我上前抱住爷爷，放声大哭。

父亲将我提前给爷爷买好的寿衣拿过来，奶奶开始给爷爷穿衣服。

穿好了衣服，奶奶让叔叔们将我从爷爷身边拉开：“快点，把燕子拉开，她的眼泪不能滴在她爷爷身上，有讲究。”

二婶把我拉到堂屋。

堂屋早已经搭好了门板，众人将爷爷的尸体抬到门板上，头前点了煤油灯。

泪眼蒙眬中我透过火光好似看到一条金龙缠绕在爷爷的身边，很快爷爷的灵魂化作一股青烟升上了天空。

“我的爷爷呀！”我哭得晕了过去。

儿时最初的记忆便是站在大地震后的阳光下，看爷爷从废墟中捡拾起一块块青砖，在上面雕刻各种图案。

震后的第二年，爷爷建起了村里第一套新房，砖是旧的，房是新的，房檐上是爷爷精心雕刻的喜鹊登梅。

记忆中，常见母亲坐在煤油灯下纳鞋底，母亲的花布包里有一个美好的世界，除了各种针线布条，还有全家人大大小小的鞋样。

鞋样是用书本裁剪成的，每当母亲打开她的花布包我就会拿起鞋样让父亲给我念上面的字。

后来我知道那是爷爷的古书，是吴家祖先世代传下来的财富，母亲不懂，撕了几页剪成鞋样给叔叔们还有我们做鞋。

母亲身体不好，无法照顾我们兄妹三个，爷爷家盖起新房后，我和二哥跟随爷爷奶奶去住。

我每天缠着爷爷给我读书，讲故事，爷爷家的古书成了我童年最好的伙伴。

爷爷告诉我，说吴代庄村最早叫代庄村，康熙年间，我们的祖先吴凡迁居至此，皇上御赐村子后被改成吴代庄村。吴家世代都是文人墨客，吴凡的学生是康熙皇帝的老师。

“你太爷爷吴桐茂是村里最后一个秀才。你太爷爷本来能够考中举人的，听说，你太爷爷与唐山几个同乡再次进京赶考时，路过一个城隍庙。同乡问他，敢不敢打城隍爷？你太爷爷不信天不信地，更不信鬼神，他上前扇了城隍爷几个耳光。没想到，当天夜里，你太爷爷就病了，再也无法进京赶考，被同乡给送了回来。”

“之前，你太爷爷在村口以卖字为生，县里各村的百姓都会走很远的路来求他的字。他写字时，不用书案，人们喝茶的空，他让仆人将宣纸展开，拿笔蘸墨，远远甩过去，一幅书法作品就完成了。人们都知道吴代庄村有个厉害的人物，就是你太爷爷，都管他叫飞笔吴桐茂。”

爷爷每每说起太爷爷，总是神采飞扬，看得出，虽然太爷爷遭受了天谴，但是在爷爷眼里，依然是他最敬重的人。

爷爷喜欢读书，但因为吴家被上天下了诅咒，四代不许为官。所以爷爷，父亲，还有哥哥们成了农民。

但爷爷仍然是村子里最有文化的人，平时谁家有个红白喜事结婚盖房都会请爷爷去给写写画画。

包括后来村子里通了电，也请爷爷在路边的白墙上画上各种宣传图案。

爷爷去世前留下遗嘱，把他一生最爱的古书留给我。

祖先留下的这些财产是爷爷心尖上的宝贝，我也是爷爷心尖上的宝贝，爷爷一直坚信将来我能够有大出息。

在爷爷保存这些古书的七十三年间，爷爷只卖过两次书。

一次是因为我的父亲得了肝硬化在唐山医院做手术需要钱，全村人卖鸡卖猪为父亲捐款治病，爷爷卖了一部分他心爱的书给父亲治病。

另一次是去年我结婚的时候，爷爷瞒着奶奶卖了一套古书，换来一百块钱给我当嫁妆。

爷爷喜欢大花被，但一直舍不得买，我用爷爷给我的钱扯了一件大花被面，让母亲给爷爷做了一床新被子。

“这花被是燕子去年给他爷爷花钱做的，他爷爷喜欢，一会儿烧了吧。”奶奶哭一阵，整理一阵爷爷的遗物。

“还有这些书。”叔叔们说，“这是我爸一辈子最喜欢的，一起埋在坟里吧。”

“他爷爷说留给燕子……”奶奶说。

“给她干啥？她又没考上大学？”叔叔们反对，“谁也不给，给我爸放在棺材里，让我爸带走。”

我眼看着叔叔们将爷爷要留给我的那些古书装进了棺材，我知道，我再也见不到我的爷爷了，我再也看不到伴我长大的那些书籍了。

我哭着，心里暗暗发誓，我一定要帮爷爷圆梦，我一定要让所有人都知道，在冀东这片土地上有一个吴代庄村，吴代庄村有一个吴家大院，吴家大院里曾经住着我的爷爷。

第十九章　悔婚

先生家坟上又添了新坟，那里埋葬着我的爷爷，还有我的童年。

那年，五爷爷和五奶奶也相继去世了，三爷爷患了老年痴呆，每天疯疯癫癫地在村里跑，三奶奶在后面颠着一双小脚追。

奶奶开始在四个儿子家轮着住，每家住一个月，父亲、二叔和老叔都在村里，三叔在唐山。

那天，奶奶刚从唐山回来，晋升叔就来找奶奶。

“四婶，玉莲和人私奔了，刚被找回来，她说啥也要和她对象离婚，这该怎么办？”晋升叔说。

玉莲是五爷爷家的小女儿，我叫她玉莲姑。晋升叔不但是村书记，也是玉莲的叔伯哥。

“这丫头，当初换亲的时候，她就不乐意，现在你五叔五婶死了，没人管了，她就由着自己性子来。”出了这种事，奶奶觉得丢人，骂道，“她现在在哪儿呢？把她叫来！”

五爷爷共有七个孩子，四个儿子三个女儿。大叔二叔还有大姑二姑结婚了，三叔和四叔还在打光棍。

家里有两个光棍，五爷爷觉得在村里抬不起头来，便让小女儿玉莲给三叔换了一个，四叔从贵州买了一个。

玉莲姑出嫁时哭天抹泪，死活不愿意，最后五奶奶给玉莲姑跪下了，玉莲姑才不得不答应。

三叔名叫晋林，晋林婶嫁到老吴家，生了个男孩。玉莲姑嫁到婆家，生了个女孩。

玉莲姑说，从那时起，婆家便不给她好脸色了。

晋林婶和晋林叔虽然是换亲，但是两个人齐心协力，把日子过得踏踏实实的。

晋林婶人老实，对公婆孝顺，对四叔照顾有加，对大姑姐们也是言听计从，深得老吴家人的喜爱。

而玉莲姑从一开始就没想好好过日子，她不甘心，不甘心把自己的命运拴在自己哥哥身上,五爷爷和五奶奶活着的时候，她不敢反抗，现在五爷爷和五奶奶都去世了，她便做出伤风败俗的事情来。

玉莲姑被婆家人抓回来后，便被送回娘家。同时，他们把晋林婶也带了回去。

成是成一对，散是散两家。

奶奶不心疼玉莲姑，她心疼的是晋林叔和他的儿子。

“玉莲啊，你这亲换也换了，孩子也有了，你又折腾这想干啥呢？”奶奶语气里明显对玉莲姑不满。

晋林叔和他的儿子晓辛在一旁看着玉莲姑，爷俩眼泪汪汪的。

“姑姑，你让我妈妈回来吧，我要妈妈，我要妈妈。”晓辛说着，用手抹起了眼泪。

“我不回去，死也不回去！”玉莲姑看样子是铁了心。

“玉莲啊，你看着你三哥和孩子，不可怜吗？你就忍心这样拆散这家子人啊？”奶奶苦口婆心地劝道。

“他们是一家子人，我呢？你们有谁想过我的感受没有？”玉莲姑朝奶奶大喊道。

晋林叔“扑通”一下给玉莲姑跪下了，快四十岁的他哭号着，用头顶住玉莲的双脚："玉莲啊，哥给你跪下了，你可怜可怜你小侄子吧。"

"你别说了！"玉莲姑忽然发起飙来，上前拼命地厮打着晋林叔，"不要再逼我了，再逼我，我就死给你们看！"

看样子，玉莲姑是下定决心不再回去了。

奶奶见此，也没有办法，只好劝晋林叔："想开点，你去叫叫晓辛妈，看她回不回来。你们两口子感情没问题，再说又有了晓辛，晓辛妈心软，应该会回来的。"

事到如今，晋林叔也只好依了玉莲姑，他让晋升叔和奶奶一起去晓辛姥姥家叫晋林婶回来，但是晓辛姥姥说什么也不放人。

没办法，玉莲姑如愿离了婚，嫁给了和她私奔的那个人。

晋林婶也和晋林叔离了婚，把晓辛留给了晋林叔。

后来我才知道，和玉莲姑私奔的那个人竟然是我初中同学小驴。

玉莲姑和小驴结婚后，又生了一个女孩，两个人过得并不好，三天两头吵架。

玉莲姑常常半夜跑回来，在五爷爷和五奶奶的坟前大哭。

但是后悔已经晚了。

晋林婶也找了个人家结婚了。

只可怜了晋林叔和晓辛，爷俩常常去集市上闲逛，期待能够在集市上看到晋林婶。

但是，晋林婶也狠心，即使在集市上看到了晓辛，也绕路走开，不肯和晋林叔还有晓辛说一句话。

奶奶在唐山三叔家住得不踏实。

每次奶奶从唐山回到父亲这儿，晋升叔都会来找她，晋升叔每次一进院儿，奶奶就感觉眼皮跳得厉害，“晋升一来，家里准有事。”

“这次又是啥事啊。”晋升叔还没开口，奶奶先问。

“还是我五叔家。”晋升叔说。

“怎么又是你五叔家，你五叔家这是咋了？”当年太奶奶偷偷给了五爷爷一罐子大洋钱，奶奶怀疑是这罐子洋钱搞的鬼。

晋升叔被逗笑了，说：“四婶，你可真能想，这钱还能和人有仇啊。”

“那，要不然咋总是你五叔家出事呢？”奶奶撇嘴道，“就是你奶奶当年太偏心。这回，你五叔和五婶走了，事儿都找到小的身上了。”

晋升叔也不和奶奶争辩，只告诉奶奶，这回是五爷爷家的老四晋昌。

“晋昌又咋啦？他和他媳妇不是过得好好的嘛。”奶奶问。

晋昌叔前两年也从南方买了个媳妇，这晋昌婶长得白白胖胖，说话干脆，办事利落，和吴家人相处得都很好。奶奶常羡慕五奶奶，说：“看人家老五家这几个媳妇！”

奶奶想不明白，五爷爷和五奶奶活着的时候，一大家人都挺好，怎么五爷爷和五奶奶这一走，家里就乱成一锅粥了呢？

晋升叔告诉奶奶：“晋昌媳妇在老家结过婚，有两个孩子，这不，上个月她老家的男人通过派出所找来了，说晋昌拐卖妇女，派出所把晋昌带走了。”

“啥？还有这事？”奶奶吃惊地说，“晋昌媳妇看起来也就二十来岁，怎么会有两个孩子呢？”

“南方人结婚早，晋昌媳妇说是十四岁就找了婆家，十六岁就有孩子了。”晋升叔说。

“那派出所把晋昌抓走了，晋昌媳妇咋说呀？”奶奶问。

“晋昌媳妇也不说咋办，就会哭，看样子舍不得晋昌，但又想两个孩子。”晋升叔也感到无奈，“她倒是和民警说她是自愿嫁给晋昌的，晋昌本不至于被判刑，但她男人不干，要晋昌赔偿一笔钱才算了事。”

“是不是晋昌媳妇和她男人商量好的，要来讹诈晋昌？”奶奶突然问。

“不是吧，晋昌媳妇和晋昌都过了好几年了，两个人感情说不上多好，但也不坏，晋昌媳妇还不至于这么害晋昌吧？”晋升叔觉得不大可能。

奶奶最后出主意说：“那就这样吧，如果那男人要钱，就让晋昌媳妇跟他回去吧。如果晋昌媳妇是真心要跟晋昌过，她不会舍得走的。”

“是。”晋升叔点点头说，“也只有这么办了。不能让晋昌鸡飞蛋打，我告诉他，这钱不能让他直接给。”

晋升叔把奶奶的话告诉了晋昌叔。

晋昌婶听到后，没说话。

没过几天，晋昌婶便和她男人回去了。

晋昌婶回去前，晋昌叔给晋昌婶买了好多的衣服，还给她拿了五千块钱。这是晋昌叔所有的积蓄。

“这晋昌就是傻。”奶奶怨道，“她走了还给她拿啥钱呀。早知道这样，还不如当初就答应给她男人钱，让她留下呢。”

“不是傻。”晋升叔说，“是咱家人太善良了。即使当初答应给她男人钱，她也不会留下的。”

是啊。奶奶也知道，晋昌婶是不会留下的。

但是，毕竟晋昌婶和晋昌叔夫妻一场，晋昌叔一直拿晋昌婶当宝一样，这回晋昌婶走了，晋昌叔连过日子的心也没了。

第二十章　迁坟

时间过得真快，一眨眼又是一年。

这一年间，大奶奶走了，三爷爷和三奶奶也走了。

沙棘树掩映下的先生家坟在一时间净添新坟，远远看去，整个山坡都是迎风招展的白幡。

那个秋天，又有一些企业进驻到村东的林场，晋升叔说祖坟需要搬迁，要迁到青龙河畔去。

父亲不同意。

迁祖坟这么大的事奶奶拿不了主意了。晋升叔是村书记，公家的事，由晋升叔说了算。

最后，晋升叔将祖坟和大爷爷、三爷爷的坟都迁到了青龙河畔。

父亲则将爷爷的坟和五爷爷的坟迁到了原来的先生家坟旁边。

迁坟时，挖掘机从祖坟里挖出来好多的烂铜破碗，我的叔伯哥哥们有的见过世面，他们将这些古董偷偷藏了起来，最后几个人分掉了。

老吴家迁坟是一件大事，村里很多人都去看热闹。

我是出了嫁的人，是不能去祖坟的。

父亲回来一直感慨：“不愧是老吴家的祖坟，咱老祖宗死了几百年了？棺材竟然一点都没烂！就是挖掘机不小心给铲坏一个角儿。老祖宗那尸体还完整的，像木乃伊一样。哎呀！”

父亲说着哽咽了，不知道是在笑还是在哭。

祖坟没了，父亲的心也没了根。他知道，过不了多少年，这个曾经让他引以为傲的村庄，也会逐渐消失。

因为村里要搞文明建设，吴家大院门口的大柳树被砍了。

家家户户都通了天然气和自来水，房前屋后都铺了柏油路，安装了路灯，门前也都栽上了月季花和白玉兰。

吴代庄村越来越干净、整洁，村子也越来越像一个小镇了。

那年，我的剧本《家长里短》卖了二十万，二叔家的二妹考上了大学，大学毕业后的叔伯二哥在县里当了副县长，村东废弃的厂房被人承包，改造成了造纸厂、手套厂、橡胶厂和炼油厂。

开满月季花的村子，却始终被阴霾笼罩着，让人有一种说不出的压抑和恐惧。

有一个风水先生路过村子，对村里人说，吴代庄村本是一个天坑，人们要赶紧搬离这里，否则整个村子的人都会有更大的灾难。

没人相信，尤其父亲。

父亲将风水先生赶出了村子：“什么天坑，你再胡说八道，小心我打断你的腿！”

村里很多人都在耕地上盖起了大院，租给外地来村里做生意的人。吴代庄村已经不再叫吴代庄村，而被称为县企业基地。

青龙河的水不知道什么时候干涸的，曾经清澈见底的河底堆满了如山的建筑垃圾。

太爷爷活着的时候，每逢遇到干旱，便带着村里人来青龙河畔求雨。

太爷爷将锣鼓敲得震天响，用鼓槌指着上天，破口大骂："该死的老天爷，你为什么不下雨？难道你看不到老百姓的庄稼都被旱死了吗？你这是什么破天爷，心里一点都没有这些百姓子民……"

村里人都吓得跪在地上，不敢抬头，他们小声议论，这样求雨，老天爷会让龙王爷降雨吗？

正想着，忽听远处雷声滚滚，不一会儿，天空像是被太爷爷的鼓槌捅了个口子，大雨瓢泼一样直泻而下。

人们在雨中奔跑着，欢呼着，下雨啦！终于下雨啦！

"看来这老天爷该骂就得骂！"太爷爷自言自语着，"不骂，他怎么知道你这儿缺雨呢？"

可现在，太爷爷躺在坟墓里，即使他在天有灵，也无回天之术。

造纸厂的污水从太爷爷的坟前流过，流到青龙河里，流到庄稼地里，渗入整个村庄……

老婶死了。

奶奶这次刚回到父亲这儿，脚还没站稳，就见刘大娘慌慌张张地跑来，喊："四嫂，四嫂，快，她老婶喝药了。"

"谁？"奶奶没明白过来。

"晋金家，小婉妈，你小儿媳妇！"刘大娘连着说，"快点，快点。"

奶奶听说是我老婶喝药了，腿一软，从炕上跌倒在地上。

等刘大娘扶着奶奶来到老叔家时，老婶已经被送进了医院。

猪圈里，是半瓶乐果，院子里，一个铁皮奶桶倒在地上，门口，是白花花的牛奶。

“这是咋的啦，老儿子，你怎么这么不让人省心啊。”奶奶坐在地上哭号着。

我接到父亲的电话，说老婶死了，让我去镇上给老婶买寿衣。

我不知道我是怎么骑着摩托车去到镇上，怎么买来的寿衣，又怎么骑回来的。我的脑海里都是老婶露着两只可爱的小虎牙歪着头冲我一笑的情景。我不相信老婶死了，那么开朗的老婶，怎么会喝药呢？况且，她还有一对没长大成人的双胞胎女儿呢！

等我拿着寿衣回到老叔家东屋，就见我的老婶嘴巴紫青，躺在炕上，早已经没有了呼吸。

母亲从我手里接过寿衣，和二婶帮老婶穿衣服。

两个妹妹抱着我，声嘶力竭地哭喊着：“大姐，我们没有妈妈了，大姐，我们要妈妈。”

我抱着两个妹妹，早已泣不成声：“以后大姐就是你们的妈妈。大姐会供你们上学，养你们长大。”

老叔没有儿子，只有晓婉和晓蝶这一对双胞胎女儿。按照村里的风俗，应该由儿子打白幡。

父亲和大哥二哥商量，这个白幡让二哥来打。

因为父母将来没了，得由大哥打白幡，所以，老婶这个白幡大哥不能打。

晓婉和晓蝶扬起小脸，说：“大爸，我们打。”

母亲哭了，抱着两个妹妹，摇头说，不行。

“两个孩子还小啊，而且是女孩子，不能让她们举白幡呀。”母亲怕两个妹妹将来受苦。

“反正妈也没了，苦也是苦了，晓婉想打，就让她打吧。也让她孝敬她妈这一回。”老叔说。

“让她二哥抱着她，一起打。”奶奶最后拿主意。

二哥抱着晓婉，晓婉手里拿着白幡，送葬的队伍随着唢呐声，将老婶的棺木拉到爷爷的坟旁。

爷爷有四个儿子，爷爷前面的位置要留给四个儿子，老婶只能暂时安葬在离爷爷的坟墓不远处的树林里，等将来老叔去世了，才能迁过来和老叔合葬在一起。

安葬了老婶，等回到家里，奶奶才得知老婶喝药的原因。

老叔家也养了两头奶牛，老婶每天早上推着自行车去收奶站交奶，但每次不是酸了就是密度不够，七八十斤奶每天都要扣个十斤八斤的。

老婶生气，她不明白，为什么别人家的两头奶牛能够交一二百斤奶，而且密度还高高的，奶还不坏。

这天，老婶又去交奶，收奶员说老婶家的牛奶酸了，不能要。老婶一气之下和收奶员吵了起来。

“你明明知道别人家的牛奶里都掺了防腐剂，你还收，你明明就是欺负我个儿小。”老婶冲收奶员吼道。

收奶员不理，照样在那儿收奶：“别人掺什么我管不着，我验不出来就是合格，有本事你也掺呀。”

“你就是不讲理！”老婶没办法，只好将装着奶桶的自行车又推回来。

刚进家门，老婶就收到一封信，是老家寄来的。

信里说老婶的母亲上山干活从山上摔下来，摔断了腿，让老婶给寄点钱过去，给母亲看病。

老叔问老婶，老婶没好气地答：“除了要钱还有啥事？”

老叔怼了一句：“你父母要钱，你和我撒的啥气？这牛奶又没交来，这也怪我了？”

“怪我，怪我，都怪我废物！”老婶本来心里就气不顺，她拿起奶桶，将牛奶泼到院中。

老叔看了老婶一眼，没再吱声，便进了屋。

老婶一气之下跑到猪圈，一把拿起了农药瓶。

等老叔发现的时候，老婶已经将半瓶乐果喝下去了。

老叔一边喊二叔找车送老婶去医院，一边抱着老婶骂老婶傻。

老婶只说了一句，“我就是太傻，太较真，我活得太累了……”

老婶死后没多久，三鹿出事儿了。村里的奶站和养牛场也被关了。

老叔这才知道，人们往牛奶里掺杂的那个东西叫作三聚氰胺。

第二十一章　传票

父亲怎么也想不到，自己会收到法庭的传票。

跟着来送传票的，还有农村信用社的信贷员。传票上说，父亲欠信用社六千多元贷款，限父亲一个月内将钱交到法庭，如果到期不交的话，就抵家中财物，并且要将父亲拘留。

“这是咋回事？我没有贷过款啊。”父亲努力回忆，也想不起自己什么时候从信用社贷过款。

“你们肯定搞错了。”父亲说，“这几年日子没有大事了，我也没有从村里借过钱了。前几年儿子们盖房、结婚，事儿多，我都是从左邻右舍还有我兄弟们手里借的，我从没跟国家借过钱呀！”

信贷员是两个小姑娘，她俩也不知道具体情况，她们只是说，领导让她们来的，信用社已经将父亲起诉到法庭，她们过来通知父亲一声。

信贷员走后，父亲怎么也想不起来，自己什么时候借过国家的钱。

母亲一拍大腿，说：“我想起来了，咱们给晓存的那奶牛，当初那不是贷款买的吗？”

父亲也想起来，那是二十世纪八十年代末，父亲从外地买来两头奶牛，后来奶牛又生了牛犊。二哥结婚时，父亲把四头奶牛都留给了二哥。

“当初，晓存结婚时，我让你把那几头奶牛给卖了，把饥荒还一还，你不让。现在倒好，刚把晓存结婚的饥荒还清了，又出来这六千块钱的贷款。”母亲抱怨父亲。

“当初，不是想着咱俩也能在晓存那儿住吗？谁知道一结婚，那晓存媳妇就把咱俩赶了出来。”父亲说。

“不但赶了出来，把奶牛还留下不给了。”母亲不满意地说，“当时有多难呀，你让我去代严家借房，我还被那代好媳妇给打了一顿。”母亲说着，又忍不住掉眼泪。

“行了，行了，都过去了。”父亲安慰母亲，“晓为不是给你报仇了吗？那把代好媳妇给打的，这小子，下手真狠。”

母亲想起大哥把代好媳妇打得住进了医院，心里觉得很欣慰：“关键时候，还得我这大儿子。”

父亲和母亲絮叨了半天，最后父亲才回到正题上，说：“当初买那两头奶牛的时候，是村里统一给贷的款，我记得好像是贷了三千，可是这钱早就还清了呀。”

“还清了？啥时候还的？”母亲说，“我怎么不记得还呢？也没人来要。”

父亲记得清清楚楚，就是还了。“你忘了，后来咱们挤奶，交奶，每月卡上扣二百，扣了差不多两年。”

“对对！”母亲想起来了，“是不是信用社的人忘了？等她们再来，你和她们好好说说。”

隔了两天，两个信贷员又来了。

父亲将当时的情况说了一遍，又接着说：“你回去让你们领导查一查，你们肯定是搞错了，那钱我肯定是还了！”

这次，信贷员把账本也带来了，她们给父亲看还款记录。

果然，父亲连续还了两年，但是上面显示，最后父亲还欠二百的利息。因为后来信用社换了领导，这二百块钱的利息便一直挂在账上，没有处理。

“还欠二百，那我给你二百就行了。”父亲说着，伸手掏衣兜。

“大爷，不是二百块钱的事儿了。”信贷员说，“已经是六千了。”

“怎么会是六千呢？”母亲觉得奇怪，在一旁道，“你们银行再能生钱，生得也没这么快吧？”

信贷员笑了，对母亲说：“大婶，你这话说的。现在银行存款利息是三年本利相平，贷款是两年本利相平，你让我大叔算算，这多少年了。”

“两年本利相平，这也太快了吧。”父亲从没有存过钱，不知道钱生得这么快。

“是啊，大叔，以后有钱记得存到我们这儿来。”贷款员笑眯眯地说，“这钱存在银行，真能生钱呢。”

“还存钱呢。”父亲自嘲地一笑，说，“我先想想办法，看怎么把这贷款先还了吧。”

信贷员走后，父亲将我和大哥二哥召集在一起，商量这六千块钱的贷款该怎么解决。

“我家没有！”大嫂抢先说，“你儿子挣的那点钱盖了养猪场，养了二百头猪，全死光了，这你们老两口也知道。”

“是，是。”母亲连连点头。

大嫂结婚的时候，除了地震后那套老房子，父亲什么也没分给大哥。这些年来，都是大哥一个人在打拼。

在母亲眼里，大哥是大孝子，既然都给了二哥，那这贷款当然应该由二哥来还。

“要还就三个人一起还，要不还，就都不还！”二嫂提高了嗓门。

母亲见二嫂这么说，便转头对二哥说："晓存，说句良心话，你大哥结婚的时候，本来那个新房应该给你大哥的，可是你大嫂没要，说是若她要了新房，我们还得给你翻盖旧房。你大哥结婚就结在了旧房里，新房给了你。你们结婚时，家里没钱，大伙儿都让你爸把那四头奶牛卖了，你爸没舍得，说你们年轻，怕日子过不好，想留两头给你们，留两头给我们老两口……"

"拴在我家院里，就是我家的了，你别想往回要。"二嫂打断母亲的话。

"她二婶，你要这样说话可就不对了。"大嫂说，"当初你们把老两口赶出来，老两口到处借房，多难呀。我和你大哥啥话也没说过。"

"他们借房关我们啥事，他们又不是光生了晓存一个儿子。"二嫂朝大嫂说。

"是，你说的对，我不是生了晓存一个儿子。可是，四头奶牛都给了晓存吧？你大哥啥也没落着。现在这四头奶牛已经变成了十几头奶牛，你给我们一头，让我们卖了还贷款不行？"母亲苦口婆心地说。

"贷款又不是我们的名字，凭啥让我们还？"二嫂一句不让，"奶牛当初既然给了我们，就是我们的，谁也抢不走！"

"晓存媳妇，你太不讲理。"母亲无奈地指着二嫂说。

"就不讲理，就不讲理，有办法你就使去！"二嫂摇晃着脑袋，往母亲跟前凑，看样子还想和母亲动手。

"够了！"父亲的一声吼将二嫂震慑住了。

"都回去吧！我自己想办法。"父亲朝大嫂和二嫂摆摆手。

大嫂和二嫂走了，父母面前只剩下我和大哥还有二哥。

"外姓人就是不行。"父亲说，"晓为，晓存，你们看怎么办吧。我现在手里没有这么多钱，加油站挣点钱，刚够我和你妈的生活费。”

“啥生活费。”母亲撇嘴说，“你每月给你孙子花多少钱？比给我花的还多吧？”

母亲说的是实话。

爷爷去世那年，二嫂生下了侄子，取名吴多。

孙子是父亲的心头肉，父亲每月开了工资都要带孙子赶集买好吃的。父亲大半的工资都花在了吴多身上。

“她二嫂不同意，我也没办法。”沉默许久的二哥说道。

“可你咋也得出点吧。”大哥说，“我这猪场把前些年赚的钱都赔进去了，不然，这点钱，对我也不算啥，我自己帮爸还也行。”

“我也可以还点。”我说。

“可不能都让你还了。”母亲说，“你这些年没少补贴我们，当年你的彩礼都给了你二哥，你出嫁时，妈连个被面都没给你买……”

母亲说着，忍不住抽泣起来。

我搂住母亲，笑着说：“没事儿，妈。我这不过得挺好的。我自己赚钱花着也仗义。”

“是，是。”母亲也笑了，说，“我就知道我闺女有本事。”

六千块钱对兄弟三人来说，也不算大钱，最后我们一商量，还是每人两千，帮父亲把贷款还了。

钱是我和父亲直接送到镇上，交到法庭庭长手里的。

信用社撤销了对父亲的起诉。

可是，后来，我去信用社存钱的时候，信贷员说，那六千块钱，庭长根本没有交还信用社，而是他自己花了。

村里像父亲这样因为贷款买奶牛最后落下利息而被起诉的人很多，但是谁也没有还。

父亲知道后，心里一直很郁闷。

我劝父亲不要郁闷，别人还不还是别人的事，父亲把钱还了就好，这样睡觉也踏实了。

父亲连连点头。

再后来，听说镇法庭庭长因为贪污受贿被抓起来。

而信用社主任，因为挪用公款畏罪潜逃。

“如果当初不还就好了。”父亲想起来依然后悔，“这钱，等于喂了狗了。”

第二十二章 白狐

不知道是不是因为动了祖坟的缘故，老婶死后没多久，五爷爷家就又出事儿了。

先是五爷爷家我大姑的儿子红头被人杀了。接着五爷爷家我大叔晋树突发心梗没抢救过来，再后来是五爷爷家晋昌叔在去橡胶厂上班的路上也死了。

这一连串的变故让父亲觉得心里慌慌的："这是怎么了？是不是因为建厂搬迁动了祖坟了？"

父亲开始怀疑晋升叔当初的决定是否妥当。

小时候父亲淘气，常把刘大娘家的尿盆从下面钻个眼儿，刘大娘不知情，夜里将尿盆拿进屋里，第二天一早开门就大骂："哪个王八蛋把我家尿盆给钻上眼儿了？等让我抓住了，我非把你家祖坟刨了不可！"

父亲知道刘大娘只是嘴上说说，刘大娘胆子小，谁家死人她都吓得三天不敢出屋子，更不用说刨祖坟了。

可是，几百年的先生家坟，怎么说搬就搬了呢？

吴代庄村不是姓吴吗？这个村子不是皇上赏赐给老祖宗的吗？那吴代庄村所有的土地也都应该是老吴家的，是谁有这么大权力把先生家坟说搬就搬了呢？

父亲越想越来气，他找到晋升叔，要问个究竟。

"三哥，咱村子再姓吴，这土地再是皇上赏赐的，它也是国家的呀。”父亲在叔伯兄弟十五个当中排行老三，晋升叔叫他三哥。

“可是，搬祖坟是谁让搬的？”父亲问。

“也是国家。”晋升叔答。

“哪个国家？”父亲刨根问底。

晋升叔哭笑不得：“就一个国家，哪个国家？是县里。”

“县里？”父亲不信，“县里有啥权力动咱家祖坟呢？”

“这不是县里征地，咱们村把地给了县里，县里在这儿建了个工业园区吗？”晋升叔解释说。

“征地？征地钱呢？”父亲问，“大伙儿咋没看见？”

“唉，”晋升叔叹了口气，说，“三哥，你是不知道，咱村穷，我当书记时，村里就几十万的外债，现在，一年年的还，还得差不多了。”

“土地是大伙儿的，你们说卖地就卖地？晋升我告诉你，你们这样做，早晚得出事！”父亲既是提醒，也是警告。

“有账呢。”晋升叔说，“我也老了，快干不动了。下次选举，让给年轻人吧。”

父亲见晋升叔这么说，知道自己言语有些重了，他语气有些缓和，问：“你说实话，搬坟，县里给了多少钱？”

“一个坟一百。”晋升叔见父亲不相信他，发誓道，“三哥，我发誓，我真的一分钱都没贪污。做人这点良心我还是有的，死人的钱谁敢挣啊！更何况是自己的老祖宗！”

父亲摆摆手，说：“用不着发誓，我信你。只是，咱们的祖坟被动了，而且你四叔和咱五叔的坟单独迁出去了，现在家里接连出事儿，我不能不怀疑是因为搬坟闹的。”

“当初我说把坟一起迁到青龙河畔，你不干，非要留在先生家坟那儿，你看，现在出事儿了吧？”晋升叔埋怨道，“先生家坟都搬走了，就剩下我四叔和咱五叔，他们孤单啊，所以，才把晋树和晋昌叫走了。”

“也有可能。”父亲觉得晋升叔说得在理，不再说话，只是一支接着一支地抽着烟。

奶奶从唐山回来，不知道家里发生这么多大事。她让父亲买了些烧纸，她要去坟上看看。

父亲开始不让，怕奶奶去了伤心，但最后拗不过，父亲只好开上新买的电动小汽车，拉着奶奶去了。

奶奶是第一次来新坟。

之前的连绵的祖坟不见了，眼前是两座孤坟，爷爷的和五爷爷的，五爷爷的前面是晋树大叔和晋昌叔的。

“是很孤单啊！”奶奶感慨道。

“啥？”父亲听出了奶奶的意思，说，“将来，我们兄弟几个都埋在这，我第一个来。”

“早晚不都是走这一步。”奶奶想得开。

“是啊，”父亲说，“这一辈子，儿子娶了媳妇，孙子也有了，就够了。”

父亲将带来的酒分别倒在爷爷和五爷爷的坟前。奶奶在爷爷的坟前地上画了一个圆圈，圆圈的开口向南。

“老爷子，你五兄弟怕你孤单，让晋树和晋昌都来陪你了，他俩小时候，你不是最喜欢他俩吗？”奶奶在圆圈里点燃了几张烧纸，开始和爷爷说话。

父亲拿了一些烧纸，烧给他的两个叔伯兄弟。

“晋树啊，我知道你不放心晋昌，所以把他带走了。晋昌走了也好，一走百了，省得人惦记。你放心，她婶有晓坡照顾着，晓坡那孩子孝顺，对他妈差不了。”

父亲和两个兄弟说着话，看着眼前的烧纸烧完，化成灰烬，父亲抓了一把土扬在微弱的火苗上。

爷爷坟前的烧纸也已经快烧完了，这时，奶奶才往地上一坐，哭着喊道："老爷子，你咋这么狠心丢下我不管呐，你走这些年，我连个窝都没有了呀……"

父亲知道奶奶委屈，奶奶从年轻时就好管闲事，老了以后更是爱唠叨，爷爷走后，奶奶跟着四个儿子轮流住，儿媳妇们没人给她好脸色看。

"妈，我知道你这些年跟着我们受了委屈，你哭一会儿吧，有啥话都和我爸说说。"父亲说着，来到院墙旁抽烟，只留下奶奶一个人在那里哭唱。

占了先生家祖坟地的是炼油厂，以前的祖坟地在院墙内，爷爷的新坟在院墙外，父亲始终放不下老祖宗的这片坟地，他觉得先生家坟才是老吴家的根。

爷爷的坟前是一片树林，除了这几个坟头，到处都是绿油油的草地。

忽然，一只雪白的狐狸在爷爷的坟后探了一下头。

"妈，妈，白狐狸！"父亲连忙喊奶奶看。

奶奶停止哭诉，猛一抬头，只见那只白狐狸前腿一伸，飞快地跑进了院墙里。

"保家仙儿还在呀！"奶奶惊喜地说。

"是啊，"父亲也高兴地说，"这回，我心里就踏实了。"

保家仙儿还在，父亲就放心了。

这只白狐狸已经有几百年了吧？当初皇上带吴凡来这里狩猎，吴凡曾经救过这只狐狸的命，吴凡死后，白狐狸便一直隐居在先生家坟。

老吴家一直是远近闻名的书香门第，吴家大院也是人丁兴旺，社稷繁荣，直到太爷爷假传圣旨，遭到天谴，老吴家才败落了下来。

“这白狐狸太老了，都傻了，所以咱老吴家每一辈儿都得有一个老人家最后是痴呆的。那辈儿是你奶奶，上辈儿是你三叔，这辈儿还不知道是谁呢。”奶奶看了父亲一眼。

父亲说：“是我吧。老了让我变得痴呆吧，他二叔老叔从小受的苦太多了。他三叔命好。是我吧。”

奶奶嗔笑道：“肯定是你，你这每天喝酒，不痴呆也得喝傻了。”

那天父亲从坟上回来很高兴，他让母亲给炒了两个菜，多喝了两盅。

“每天喝酒，看你老了不和三叔一样，傻了的。”母亲一边唠叨着，一边又给父亲夹菜。

父亲用力嘬了一口酒，说：“咱家每辈儿出一个痴呆，我猜呀，这辈儿肯定是我。”

“可不嘛，这没老也快傻了。”母亲笑。

“那如果我傻了，你能像三婶伺候三叔那样对我不？”父亲开玩笑似地问母亲。

“我可没有三婶那样的耐心，我拿个铁链子把你拴在炕沿上，省得你乱跑。”母亲也开玩笑似的说。

父亲哈哈地笑了起来，好长时间了感觉心情也没有这么敞亮过。

第二十三章 晓红

就像父亲说的一样，晋昌叔死了，一走百了。晋树婶跟着儿子过，也算过得去。最可怜的是大姑。

大姑有两个女儿，因为大姑父喜欢男孩，所以，在大姑快四十岁时才生下了这个儿子，为了好养活，大姑父给他取了女孩的名字，叫晓红。

晓红从小满脸褶皱，像个小老头，却异常聪明，五爷爷和五奶奶也都特别疼爱他，有什么好吃的，都给他留着。

人都说外甥像狗，吃了就走。但晓红不一样。

大姑父是孤儿，晓红生来就没有见过爷爷奶奶的面，所以他把姥爷家当成了爷爷家，一直跟着五爷爷长大。

晓红长大后，和我另外一个叔伯姑姑家的女儿晓芳恋爱了。

开始，大姑不同意，说："姑舅亲可以，姨表亲不行。"

"为啥不行？"大姑父问。

"姑舅亲，辈辈亲，打断骨头连着筋。姨表亲，不算亲，死了姨娘断了亲。"大姑说。

大姑父笑了，说："那是说亲戚，不是亲家。姨娘亲血缘没有那么浓了，两孩子看对眼了，想结婚就让他们结呗，咱当老人的管那么多干啥。"

晓芳的母亲比大姑开通，两个孩子乐意，就随他们去，只要两个人在一起过得好就行。

就这样，我的一个表弟和我的一个表妹，晓红和晓芳结婚了。

都说是晓芳给大姑家带来的福气，很快，晓红和同村的同学林头合伙买了一辆大车，两个人跑运输，赚了很多钱。

很多钱是多少？人们不知道。

人们只知道，晓红和林头都买了手机，而且每逢晓红和林头出车回来，两个人就会买回各种海鲜，那螃蟹壳和皮皮虾盖子都是用蛇皮袋子装了往外扔的。那样子，少说也有百十来斤吧？

以前林头家住的是地震后盖的老房子，有了钱以后，他把左邻右舍的房子都买了下来，盖了整整九大间，都是带圈梁的北京平房。外面贴的瓷砖，装修得像宫殿一样。

村里人提起晓红和林头来，也都不由得竖起大拇指："这俩孩子，年纪不大，心眼可真活，才两年的时间，就成了吴代庄最有钱的人。"

晓芳见林头家盖了新房，也问晓红要钱，晓红说没有。钱都在林头手里。

"在林头手里？"晓芳觉得不对劲，问，"你俩挣的钱都在林头手里？"

"嗯。"晓红说，"林头媳妇说她管账，钱都在她手里。"

晓芳一下愣住了。她看着晓红，晓红支支吾吾地，不敢面对她。

晓芳知道，这林头媳妇肯定有问题。

林头媳妇长得小，不到一米五的个儿，但是嘴巴能说会道，死人也能给说活了那种。

晓芳想，晓红肯定是被林头这两口子给骗了。

就在晓芳追着林头媳妇要钱的那天晚上，有同学叫晓红吃饭，晓红到那儿才发现林头也在。

两个人见面有些不得劲，但也没什么，只是心里有了隔阂，说话不像之前那么自在了。

席间，有人问起晓红挣了多少钱。

晓红回答："不知道。"

问话的人笑了，说："自己挣多少钱自己还能不知道？那钱呢？"

"在林头媳妇那儿。"晓红如实回答。

"呃？你挣的钱应该在你媳妇手里，怎么会在林头媳妇手里呢？"那人开玩笑，说，"不是林头媳妇和你有一腿吧？"

晓红也开玩笑，说："这你得问林头。"

本来因为这事儿林头就有了疑心，听晓红这么一说，林头抄起啤酒瓶子就冲晓红脑袋砸了过来。"你问我，我还正想问问你呢！"

两个人扭打在一起，众人费了九牛二虎之力，才将两个人拉开。

那天回去后，晓芳见晓红满脸是血，忙问怎么回事。

晓红不答，他把脸洗干净，上炕就用棉被把自己头给盖上了，只说了句："关灯睡觉！"

半夜，晓红躺下，翻来覆去睡不着，忽然手机响了，晓红接起电话，是林头。

林头回家后把媳妇痛打了一顿，媳妇承认和晓红有暧昧，林头气不过，便拿了一把水果刀怒气冲冲地来到晓红家门口。

"你出来，咱俩单挑！"手机那端，林头的声音很低却很吓人。

“好，你等着！”晓红起身穿上衣服，这时，晓芳和孩子也醒了，问晓红去哪儿。

“给你要钱去！”晓红说完，便拿了一把铁锹出了门。

晓芳一见不好，想下炕拦住晓红，可已经来不及了。

晓芳连忙披了衣服，去隔壁喊我大姑和大姑父：“妈，快点起来，晓红去打架了！”

等大姑和大姑父起来，赶到街上时，已经晚了。

在一个黑漆漆的墙角下，林头抱着晓红，一言不发，鲜血染红了林头的全身，大姑以为林头受了伤，一个劲儿地问：“林头，没事儿吧？”

警察和救护车很快就来了。直到医生宣布晓红已经死亡，大姑才知道，晓红胸口被林头刺了一刀，这一刀刺穿了心脏，晓红当时就没了命。

大姑晕了过去。

晓芳最终也不知道晓红赚了多少钱。林头媳妇到最后也没说。

林头被抓走了，法庭上林头妈给大姑跪下，让大姑原谅林头，她家愿意拿出二十万来给大姑和大姑父养老。大姑拒绝了。

大姑哭着喊：“我不要钱，我就让林头给晓红偿命。”

林头妈也只有林头一个儿子，她不可能眼睁睁看着林头被判死刑。

开庭时，律师说林头患有精神疾病，并且在他杀人后，第一时间报了警，属于投案自首，所以应该从轻处理。最后，林头被判了无期徒刑。

林头媳妇也放出风来，说只要有钱，就可以把无期徒刑变成有期徒刑，蹲个十几年，林头就出来了。

大姑出不来这口气，便每天堵着林头家门口去骂，骂着骂着就昏倒在地上，醒来后再接着骂。

终于有一天，大姑不骂了，原来林头父亲和林头母亲带着林头媳妇和孩子半夜跑了，谁也不知道去了哪里。

晓红的孩子悦悦成了大姑的精神寄托，她每天看着悦悦，像看着自己的儿子，看着看着就忍不住哭一阵。

大姑也想到了，晓芳年轻，肯定会改嫁，但是她没想到晓芳要把悦悦也带走。

有人从廊坊给晓芳介绍了一个对象，这个男人是个企业家，很有钱，一次车祸中失去了双腿，媳妇因此和他离了婚。他没有孩子，想找一个心地善良的女人给他生个孩子。

他给了晓芳五十万，并且答应晓芳，生了孩子再给五十万。

晓芳带着悦悦远嫁廊坊，开始也常回来看望大姑和大姑父，但后来，逐渐没了音信。

第二十四章　看家

大嫂二胎生了个女孩，大哥心里有些不舒服。

等大嫂出了月子，大哥便卖了值钱的家当，要带着大嫂和孩子去内蒙古做生意。

父亲不让去。

“你晋升叔说今年村里要换届选举了，大家都看好你和东子，你俩要不拉拉票试试？”父亲对大哥说。

大哥摇摇头。

因为二哥家是个男孩，二嫂又经常炫耀，说大哥那么有钱有啥用？连个儿子也没有。大哥心里不平衡，就想着远走他乡，去外面生个男孩再回来。但这些话大哥不能对父亲讲，怕走漏了风声，被镇上管计划生育的抓回来。

“爸，让他们干吧，我不想干，我现在只想出去多挣点钱，这些年把钱都赔光了，现在又有了二闺女，我得好好为两个闺女拼一下了。”大哥对父亲说。

“好，好！”父亲见大哥懂得过日子了，很高兴，说：“想去就去吧，老大你不用管，我和你妈给带着。”

那年大侄女已经上初三了，从她出生，就一直跟着爷爷奶奶生活，所以父母去不去外地，回不回来，她也不往心里去。

“但是，爸，你和我妈得搬到我那儿帮我看家。”大哥说，“我那院子大，院里东西多，时间长了怕被人偷了。”

“这，我们刚刚有了自己的住处，又搬家？”母亲有些不乐意。

“那边大院宽敞，你可以种地种菜养猪养鸡干啥都行。”大哥劝母亲，“对了，东子不是在马路对面开了个废品站吗？你也可以在门口卖冷饮，我那儿正好有冰柜。”

“卖冷饮？”一说可以挣钱，母亲有了兴趣，“能卖动不？”

母亲这辈子都在为钱发愁，从少年时经历十年自然灾害，到后来生病，嫁给父亲后又经历唐山大地震，再后来是为长大的两个儿子盖房，娶媳妇……

大哥见母亲动了心，忙说：“当然了！而且，加油站就在隔壁，你也可以捎带着卖烟，再者，我爸在加油站上班，也方便了。”

“我看行！”父亲也说，“这每天南来的北往的，大车司机那么多，谁停下不得买盒烟、买瓶水？一天挣个十来块，没问题。”

一辈子没有做过生意也没有挣过钱的母亲高兴了，说：“那就试试。”

大哥带着大嫂和二侄女去了内蒙古的达拉特旗。家里的十来亩地留给了二哥种。

当初父亲给二哥的两头奶牛已经繁殖成了二十多头。二哥承包了一百多亩地，每天种地、养牛，虽然辛苦，但日子过得也挺富裕。

父亲依然在加油站上班，母亲在路边卖香烟冷饮，每月也有几百块钱的收入。

日子感觉越来越好了。

“老婆子，等下个月开了支，我想买个小汽车。”父亲见村里有人买了汽车，心里痒痒的，和母亲商量。

“啥？”母亲听父亲说要买小汽车，感觉像天方夜谭，“老爷子，你咋不买架飞机上天呢？”

父亲听母亲这么说，笑了，说：“买了飞机我也不会开呀！”

“那买了汽车你就会开了？”母亲嗔怒道，“都多大岁数的人了，还每天像个小孩似的，老异想天开。”

“咋就异想天开了？”父亲不高兴了，说，“咱买个二手的，不贵，村里代老周都七十多了，人家不也买了一辆，照样开着去赶集。”

“你就好胜，从年轻的时候就啥都跟别人比，咱家这条件，和人家代老周能比吗？人家两个儿子开大车，一年挣好几十万，别说给他爸买辆小汽车了，就是买架飞机人家也买得起呀。”母亲说起代老周来，羡慕不已。

“看你说的，我买飞机开不了，代老周买了就开得了了？”父亲斗嘴：“代老周买得起新的，咱买辆旧的嘛。”

母亲看父亲执意要买，有些松口，问父亲道：“旧的得多少钱？”

“四五千吧。”父亲兴奋地说，“你现在不用管我要钱了，我的工资也攒下了，正好能买一辆。”

“买吧，买吧。”母亲拗不过父亲，只好答应了。

父亲刚想走，母亲又把父亲喊回来，只见母亲掀开炕席，从炕席底下摸出一个小手绢来，打开手绢，里面是一沓沓的皱皱巴巴的人民币，从五十元到十元、一元不等。

“这是？”父亲正愣神，母亲笑着把钱塞到父亲手中，说：“拿去吧，这是我这几个月卖香烟挣的，应该有一千多，给你添上。”

“还是老婆子好啊！”父亲孩子般地笑起来，“以后我天天开车拉着你去赶集，让村里人都羡慕你。”

母亲也笑了，“去吧，去吧，那敢情好，以后赶集我就不用走路了。”

父亲买了一辆红色的二手小汽车，花了八千。

父亲瞒着母亲，说花了五千。父亲怕母亲生气。

另外三千是父亲和加油站的同事借的，并且说好了，以后慢慢还。

母亲第一次坐小汽车，感觉扬眉吐气的。

父亲开着汽车，母亲坐在副驾驶，后面是搭车的乡亲。

父亲的红色小汽车每天穿梭在开满月季花的街道，成了村里一道靓丽的风景。

一场大雨后，吴家大院的老房子漏了，母亲急忙让父亲把屋里值钱的东西搬出来，说是值钱的东西，其实也无非是母亲这些年攒下的新被褥和一些不算太旧的衣物。

屋子里还有一对木箱，是地震后父亲找木匠打的，一个红色柜子是地震前的，每到过年，母亲都会把这对木箱和柜子用颜料涂了又涂，让它看起来像新的一样。

箱子和柜子父亲搬不出来。

母亲想起和父亲结婚时，不但被褥是借的，就连柜子也是借的，心疼地说：“这如果被雨淋坏了怎么办？我这辈子就置办下这点家当，扔了怪可惜的。”

“先放着吧，等以后有钱了，我再给你买套组合家具。”父亲对母亲说。

屋子里还有一台石英钟和一对四联镜。这也是地震后父亲买的。

那时候父亲在镇打井队上班，每到月底开支了，父亲就会背回来这些物什。

母亲每次都会和父亲生气，“孩子们饭都吃不饱，总买这些没用的东西干啥？”

“老代家有的，咱老吴家也得有。”父亲争强好胜，一辈子都在和老代家攀比。

自从太爷爷那辈败落后，老吴家过得的确不如老代家。

老代家虽说出了几个哑巴、瞎子和瘸子，但是老代家日子过得富裕，即使是遭受地震那么大的灾害，老代家人也没受影响，因为人家家底大，不愁吃，不像父亲母亲，从结婚就穷得叮当响。

母亲这也才理解了父亲为什么非要买小汽车了。

母亲看着父亲，将近六十岁的父亲依然不显老，开着小汽车的样子真像年轻人一样。

第二十五章 三胎

大嫂在外面偷偷生了三胎，是个男孩。

因为大哥要给孩子上户口，所以村里、镇上，甚至县里管计划生育的很快就知道了。

父亲听到这个消息是有惊有喜。

父亲没想到，大哥去内蒙古做生意，原来是另有目的。

奶奶当年生了八个男孩，死了四个，最后生下了老姑。

爷爷奶奶把老姑当成掌上明珠，而几个男孩则没少挨奶奶的烧火杖抽。

母亲生下大哥和二哥时，爷爷奶奶不高兴，就想要孙女。

别人家都重男轻女，没想到爷爷奶奶重女轻男，母亲没办法，只好又生下我。

不过，后来三个叔叔一结婚，便给奶奶又生下五个孙女。

母亲常幸灾乐祸地说："让你奶奶喜欢燕子，喜欢燕子，这回捅了燕子窝了吧。"

大哥结婚后，也生了两个女孩，只有二哥家是一个男孩，所以二嫂经常话里话外地炫耀，贬斥大哥家没有男孩。

"没有男孩怎么了，都啥社会了还这么封建？"大嫂不高兴地反驳二嫂。

"丫头片子不值钱，带把的才是金疙瘩。"二嫂撇着嘴，一副不可一世的样子。

"带把的是金疙瘩，等这带把的长大了要盖房娶媳妇，你就知道是丫头片子值钱还是带把的值钱了。”大嫂说，“彩礼得把你愁死。”

“那时候说不定倒贴了呢。”二嫂说，“现在丫头多，小子少，还愁娶媳妇吗？”

大嫂怼道：“想得挺美，还倒贴，从佘太君那时候就实行要彩礼，我还没看到谁家有闺女倒贴的呢，除非是你上门当养老女婿。”

大嫂虽然嘴上这样说，但心里其实还是有些不甘心，尤其二胎又是一个女孩后，大嫂和大哥便悄悄商量去外面生，不生一个男孩就不回来。

“要么有钱，要么有人。既然咱留不住钱，那就让老吴家有人。”大哥暗下决心。

大哥出去两年，每到过年回来，都是一个人，母亲每每问起，大哥都会说二侄女小，回来不方便，大嫂带着二侄女在当地过年。

大哥出去两年，出去啥样回来还是啥样，一分钱也没挣。

母亲让大哥回来，大哥说，再干一年试试。

大嫂怀孕的事连母亲也瞒着，直到大嫂三胎生下我这个侄子，母亲才恍然大悟。

很快镇上管计划生育的就找来了，大哥临走时放下话，只要把侄子的户口给上了，罚多少钱都行。

不久，当了村长的东子帮侄子上了户口，而大哥因为超生被罚了十一万。

大嫂儿女双全，三个孩子，这回轮到二嫂心里不舒服了。

秋天地里的活干完了，大嫂给母亲打电话，让母亲帮着把承包地的钱收上来。

二嫂开始耍赖，不给，说是没钱。

母亲给大嫂回话。大嫂说，没钱那就给粮食吧。小麦玉米都行。

“给多少合适呢？”二嫂问。

根据当年的行情，大嫂说要一千斤小麦。

十亩地要一千斤小麦，着实不多。但二嫂就是不想给。

经过母亲一次一次催促，终于二哥给拉来了几袋小麦。母亲让父亲拿来大称一称，只有八百斤。

母亲如实给大嫂回话，说二嫂只给了八百斤小麦。

“不行啊，怎么能这么办事呢？那二百斤让她补上。”大嫂一斤不让。

母亲又把大嫂的话告诉二嫂，让二嫂再给补二百斤小麦。二嫂撒泼：“我明明给了一千斤，你怎么说是给了八百斤呢？那二百斤是不是你们老两口偷偷给卖了？”

二嫂的话把母亲气个够呛，母亲争论道：“你小小的年纪怎么能昧着良心说话呢？晓存来送麦子时你也在场，你爸称了，是八百斤，你怎么说是一千斤呢？”

“八百斤，谁做证啊？”二嫂继续胡搅蛮缠。

“我老头子和我儿子都可以做证！”母亲喊父亲过来对质。

“你老头子当然向着你说话，你有本事把你儿子叫来。”二嫂挑衅道，“看你儿子向着谁说话。”

母亲听二嫂这么说，就真的把二哥叫来了，她问二哥到底拉来多少斤小麦。

二哥不作声。看样子是左右为难。

“你是个死人哪？”二嫂破口大骂。

母亲也骂：“就是！你是个死人哪！怕媳妇怕成这样？”

“我家男人是让你骂的？”二嫂将矛头对准母亲，“你再骂一个试试？”

“我儿子，我还不能骂了？”母亲也来了火，指着二哥的鼻子骂道，“真的白养了你，你这个白眼狼，早知道这样，小时候就将你扔在尿盆子里溺死算了！”

母亲的话将二哥激怒了，他想起地震时父亲将他挂在树杈上的事情，对母亲吼道：“我就是拉来一千斤，那二百斤明明被你和我爸卖了，还倒打一耙，和我大嫂告状，赖我？”

母亲一时语塞。她万万没有想到，自己辛辛苦苦养大的儿子在关键时刻，竟然这样对自己。

“吴晓存，你打她！你打她！”二嫂在一旁叫嚣着。

母亲望着二哥，父亲也望着二哥。父母苍老的眼神里没有愤怒和怨恨，只有无助和恐惧。母亲知道，如果二哥动手，父亲是打不过他的。

“明明就是一千斤嘛，我和你说了，是你记错了。真是老糊涂！”父亲忽然转头对母亲说。

“八百斤啊，是八百斤啊！”母亲歇斯底里地喊道，然后，母亲忍不住放声大哭起来。

二嫂心满意足地回去了。

二哥始终没敢对母亲动手。

那天晚上，二哥在村口的大石头上坐了很久，他手里的烟火一闪一闪，充满了心事。

母亲屋里的灯整夜亮着，很弱，像小时候简易房里的煤油灯一样。

“明明是给了八百斤，你为啥非说给了一千斤？”母亲对父亲不是抱怨，而是怨恨了。当时那么多看热闹的人在场，父亲没有站在母亲这边，而是向着二嫂说话，把母亲孤立起来，母亲出不来这口气，“你看那老二还是人吗？还想打我！”

“因为这二百斤小麦，老揪扯啥！”父亲不耐烦地说，“全村那么多人都在看笑话，你不嫌丢人，我还嫌丢人呢！”

“那晓为媳妇不干怎么办？”母亲和父亲争辩道，“本来就是晓存媳妇少给了二百斤，我只是实事求是而已，最后还落得我浑身不是？有本事那兔崽子打我，我看看谁笑话谁？”

“哎呀，你这一根筋，怎么就不会转弯呢？那二百斤小麦咱们给补上，就和晓为媳妇说，晓存媳妇给补上了，不就行了吗？这样，两头都好吧？”父亲埋怨母亲太较真，把二哥二嫂给得罪了。

“你这意思，是我错了？”母亲委屈地说，“你倒是会当好人，看样子，如果晓存当时敢打我，你也不会帮我是吧？”

“他敢！”父亲瞪着眼睛，说，“他敢动你一个手指头，我抽死他！”

“这还差不多。”有父亲撑腰，母亲终于呜呜地哭了起来，“如果连你也不向着我，那我真是没活路了。”

那晚的月亮透出清冽的光辉，照得二哥脸色惨白，他在大石头上坐了一宿，远远的，隐约能听到母亲时断时续的抽泣声。

第二十六章 棺材

谁也没有想到，走起路来像一阵风一样的奶奶会瘫在炕上。

那年腊月二十八，奶奶坐在小板凳上洗脚时摔了一跤，导致脑出血住进了县医院。

母亲和二婶托刘大娘找来赵半仙儿给奶奶抽帖算卦，问奶奶的病能不能好。

赵半仙儿说："你家老太太寿数没到呢，得活到九十九。"

母亲连连点头："她奶奶身板硬朗，三九天洗完头也敢穿着秋衣秋裤出去上厕所，而且从来不感冒。"

"是啊！"二婶喘着粗气说，"我每到冬天就咳嗽，喘不上气来，看人家老太太，哎呀，真是羡慕啊！"

母亲听二婶说她有哮喘，笑了，说："你比我强多了。你是只有冬天才犯，我是五冬六夏，没有好时候。你看看这一到冬天，就抱着枕头窝在炕上，哪儿也去不了了。"

母亲的哮喘更严重，从年轻时候起，母亲就惧怕冬天。

刘大娘见母亲和二婶不停地咳嗽，忽然想起滦县有个土医生会偏方，专治哮喘。她对母亲说："南街小岗妈和你一样的病吧？她就是去滦县找那个土医生看的，抓了几服药，吃了就好了。"

"真的？"母亲来了兴趣，高兴地说："我这吃了多半辈子药了，咋也不好，去不了根儿。”

“真管用呢！”刘大娘说，“你刘大哥以前卖货常去滦县，听说吃好了很多人，咱们村的小岗妈，还有李头妈、代根家，都吃好了。”

二婶也高兴了，对母亲说：“大嫂子，哪天咱们也去看看，如果真能吃好，那敢情好。”

“行啊，哪天让你大哥开着他那小汽车带咱们去。”母亲连连点头。

奶奶脑出血，又同时诱发了脑血栓，拴住了舌头。

奶奶那年八十岁了，医生说如果做开颅手术太危险，还是回家养着，让淤血慢慢吸收。

奶奶在医院住了十天后转回老叔家，由父亲他们兄弟四个轮流伺候。我也陪在奶奶身边，奶奶平时最疼我，这个时候一刻都离不开我。

奶奶进不了食，只能喂些流食。她知道自己时日不多了，便一遍又一遍地交代后事：“大孙女，我这些年攒的那一千块钱你给我存着没？”

“存着呢！”我早有准备，赶紧把奶奶给我的钱连同包裹着钱的小手绢从兜里掏出来递给奶奶。

奶奶仰面躺在炕上，两只手颤颤巍巍地打开手绢，拿出钱一张一张地数。

“怎么还多了五百呢？”奶奶问。

“是利息。银行给的。”我骗奶奶说。

奶奶这些年一直过着居无定所的生活，我每月都会给奶奶一些零花钱，奶奶舍不得花，一直攒着。攒到了一千，她怕丢了，把钱给了我，让我保管。

奶奶听说有利息，高兴了，说："真好，真好。"她拿着钱，不停地转头，在找什么。

"奶奶你找谁呀？"我问。

"那俩小丫头呢？"奶奶问。

奶奶在找我的双胞胎妹妹。

我告诉奶奶，她们上学去了。

奶奶举着钱说，"这钱，给那俩小丫头，行不？这手绢给你。柜子里还有没盖过的新被子，你给我买的羽绒服，给你二婶。"

"行呢，行呢，奶奶，你的东西你说了算。"我摸着奶奶瘦骨嶙峋的脸，答应着。

"其实都是你给我的。我知道我大孙女最好了。"奶奶高兴了，也伸出手来摸我的脸。

我将脸埋在奶奶的怀里，久久不愿起来。

父亲和叔叔们找木匠给奶奶定做了黑檀木棺材。老叔蹲在棺材前，一遍一遍地刷着油漆。鲜红的棺材摆放在院子中央，奶奶时不时地让我抱她起来，透过窗子向外看。

"这棺材是什么木的？"奶奶看着大红棺材，眼神里透出欣慰的光。

"黑檀木的，这是最好的了。"父亲在一旁答道，"我老叔老婶他们当时用的都是杉木的。"

"那得多少钱啊！"奶奶心疼地问。

"六千多呢！"父亲大声答。

奶奶啧啧着，点点头，放心了。

奶奶是大户人家的小姐，从小娇生惯养，不会干活，嫁到吴家，受了不少委屈。尤其是几个干活麻利的妯娌们在一起，总免不了受人嘲笑。

奶奶命好，十四岁生下我的父亲，父亲十八岁又娶了我的母亲，母亲嫁过来，便将叔叔们一块儿给养大了。

叔叔们穿着母亲给他们缝制的新衣穿梭在吴代庄村的大街小巷，人人都羡慕奶奶娶了个巧手的儿媳，奶奶也常骄傲地在妯娌们面前，故意抻抻上衣前襟，或者故意整整领口的纽扣，在人前人后的显摆。

当我长大后，逢年过节，我都会给奶奶买新衣服，村里人有的，我买，村里人没有的，我也买。奶奶穿上我给她买的新衣服，也会像当年叔叔们一样穿梭在吴代庄村的大街小巷里，见人就显摆："看看，看看，我大孙女给我买的！"大奶奶、三奶奶、五奶奶便羡慕奶奶有个好孙女。

有一年，三奶奶在城里工作的孙女给三奶奶买了一件羽绒服，三奶奶不显摆，却骄傲地仰着头，从奶奶身旁走过去。个子高挑的三奶奶穿上羽绒服尤显气质，奶奶看着，嘴里不禁又发出"啧啧"的声音："啧啧，这羽绒服真好看。"

前两年过年，我给奶奶买了一件羽绒服，奶奶在炕上盘腿坐着，看到羽绒服，便立马下了炕，穿着新羽绒服出去了。

后来，街上传来奶奶的哭声，奶奶穿着羽绒服，坐在街口，号啕大哭："大嫂，三嫂，老五家的，你们看看，看看，我大孙女给我买的羽绒服，你们有吗？"

不怪奶奶哭，奶奶忘了，大奶奶、三奶奶、五奶奶已去世多年。

"妈这一辈子爱攀比，这回，一定要给妈定个好棺材，省得到了那边受委屈。"定棺材时，父亲就和叔叔们商量。

叔叔们也都同意，便找木匠买了最好的黑檀木，打制了这副棺材。

五十天后，奶奶闭上眼睛，咽下最后一口气。

奶奶也走了，她没有像赵半仙儿说的，活到九十九岁。

“你奶奶是想你爷爷了。”母亲说，“如果你奶奶没有摔那一跤，我真相信她可以活到九十九。”

第二十七章 住院

春暖花开的时候，父亲开着小汽车带着母亲和二婶去滦县找那个土医生抓药看病，村里有很多人都吃好了，唯独母亲不见好。

情急之下，父亲又让刘大娘找来赵半仙。

赵半仙儿坐在炕上，照例让母亲抽帖，奇怪，这次母亲抽的帖除了刺猬就是黄鼠狼。

“这是碰了不该碰的东西，触动了神灵？”刘大娘问。

“不会吧？有多少年没见过这些东西了。”父亲说。

刘大娘想起很多年前自己被黄鼠狼迷上，二哥将黄鼠狼打死的事情，说：“对了，晋安你忘了？刚地震那几年，有一年你家晓存把蛇扔到我的腌菜缸里，后来我又被黄鼠狼迷上，晓存拿猎枪去林场打鸟，把那黄鼠狼给打死了。”

“记得，记得！”父亲说，“不过，自从晓存把那黄鼠狼打死以后，咱村里就再没人耍过邪。”

“你媳妇不是耍邪，是病不见好，抽帖又抽的都是邪仙，八成是和你家小子打黄鼠狼有关。”赵半仙儿说道。

“又是这二小子！”母亲提起二哥来就头疼，“去年他气了我一场，我心里一直堵着这口气。”

父亲替二哥说话：“你的病是从年轻时候就有的，和晓存打黄鼠狼没关系。”

“咋没关系？”母亲说，“你忘了当年我生晓存的时候，差点要了我的命，从生下他，我就病了，到现在一直不见好。”

“你这儿子就是克你！”赵半仙儿说，“不过，等你老了，最后躺在炕上，咽气的时候，还得你这儿子给你送终。”

“不会吧？”母亲张大嘴巴。

在母亲心里，一直认为大哥才是大孝子，等她老了，也一定会是大哥给她养老送终，怎么可能是二哥呢？

“咋不会？”父亲说，“晓为在外地，看样子是不会回来了，现在只有晓存在你身边，等你到最后那一天，肯定是晓存伺候你，给你端茶倒水，养老送终。”

“即使你家晓存想伺候，晓存那媳妇能让？”刘大娘净说大实话，“就晓存那媳妇，唉，别说了，指望不上。”

“是啊，他别找我茬儿，别给我气受就行了，还指望他伺候？”母亲想起二嫂，叹了口气，摇摇头说。

大哥家四亩地的院子被父亲收拾得像个花园，除了靠墙根的地方种了几棵甜玉米，院子里到处都是盛开的月季、玉兰，还有各种果树。初夏时节，满枝的油桃、樱桃越过院墙，垂到隔壁的爱玲家去。

爱玲长大后也嫁到了本村，后来又在公路边挨着大哥家盖了院子，和大哥成了邻居。

母亲生病，树上的油桃没人卖了，父亲便让爱玲爬到树上去摘，摘了分给左邻右舍。

那天爱玲上树摘油桃时，恍惚看到一只白狐狸从月季花的灌木丛中一闪而过。她一惊，差点从树上掉下来。

“大爷，你家院子里好像有一只白狐狸！”爱玲冲着站在树下的父亲喊。

“在哪儿？”父亲赶忙顺着爱玲手指的方向望去。一只硕大的雪白的狐狸越过灌木钻进了废弃的猪圈里。

保家仙儿怎么来家里了？父亲心头有些疑问，他来到靠北墙的猪圈旁，挨个地寻找。

白狐狸不知道藏到哪儿去了，父亲把几十间猪圈看了个遍，也没再找见白狐狸的身影。

这时，屋里忽然传来母亲的喊声：“白狐狸！”

爱玲急忙跑到屋里，见母亲手里拿着一把笤帚，坐在炕上，心神未定的样子。

“大娘，白狐狸在哪儿？”爱玲问。

“刚刚有一只白狐狸跑到屋里来了，我拿笤帚一打，它就跑了！”母亲手中的笤帚上留下一撮白毛。

父亲闻声也进屋来，他从母亲手中接过笤帚，把那一小撮白毛取下来拿在手里，左看右看，看不明白：“这保家仙儿为啥来家了呢？这是出啥事了？”

母亲不知是不是受到惊吓的缘故，嘴唇忽然变得紫青，呼吸困难，父亲赶紧把村医找来，村医给母亲输上了液。

谁知输到一半时，母亲一下昏厥过去了。父亲赶紧让爱玲给我和二哥送信，他自己则开着小汽车带母亲去了医院。

母亲是药物中毒。医生询问母亲抓的是什么药，父亲答不上来。因为药方是滦县那个土医生自己配的，具体是哪几种药，药量多少，父亲和母亲都没问过。

医生给母亲输了解毒的药，说再晚来几天的话，母亲的命就没了。

父亲连声道谢。

母亲在医院住了一个礼拜，我和二哥在医院陪了一个礼拜。等母亲出院回到家中，二哥才发现，二嫂生气回了娘家。

“快去把你媳妇叫回来吧！”母亲着急地说，“叫上你晋升叔，还有你爸，跟你一起去叫。”

“爱回不回，我已经受够了！”二哥积压在心底多年的怨恨爆发了，“她动不动就回娘家，每次我都得低三下四地去叫，我那丈母娘宠着她，恨不得让我给她跪下磕头。”

“磕就磕呗！”母亲说，“跟自己媳妇低头也不丢人，她年龄小，慢慢长大就好了。”

“儿子都上初中了，还小！啥时候算长大？等儿子娶了媳妇？就她这样的，谁家姑娘敢嫁过来？”二哥铁了心不去叫。

父亲在一旁见了，忍不住骂道：“你个臭小子，我和你妈给你娶个媳妇容易吗？这么多年我们委曲求全，不就是想让你们好好过日子吗？上次因为那八百斤小麦的事，我知道你心里也别扭，但你妈也有错。你妈没文化，不会拐弯，你媳妇生气让你打你妈，我和你妈都没怪她，更没怪你。”

“爸！”二哥听父亲这么说，再也忍不住哭了起来，“爸，妈，我不是牲口，我想孝顺你们。可是，我当不了家。”

母亲也跟着哭了起来：“妈知道，知道。”

父亲起身，道：“我去找东子和你晋升叔，咱们多去几个人，争取把你媳妇叫回来。”

第二十八章　纸牌

我是在母亲病重时离开的家乡，去了内蒙古包头。家里只剩下二哥和父亲。

母亲长期住在医院，每天要靠输人血蛋白维持生命。我和大哥在外拼命挣钱，往父亲的卡上打钱，为的就是让母亲的生命能够多延长些时日。

母亲去世前的半个月，父亲打电话让我和大哥回家。

当时母亲已经从医院回到家里，她的脸色越来越难看，下肢肿得像大象腿，腹部鼓鼓的，是积水。

“这人血蛋白一支就八百块钱，太贵了，怎么治得起，不治了。”母亲说。

“妈，没事儿的，你该治病治病，花多少钱都行，我们有钱。”大哥安慰母亲说。

“别骗我了，在外面挣钱哪有那么容易呢？”母亲紧紧抓着大哥的手，说，“你这还要养三个孩子，老三被罚了十几万，多难呀。”

“妈，真的。那边挣钱像捡钱似的。”说着，大哥抽出手，从随身携带的包里掏出两串钥匙，放到母亲手中，说，“妈，这是霸道的车钥匙，这是楼房的钥匙，给，你拿着。”

“真的假的？”母亲不信，“那得多少钱？你们俩每月给我看病得一万多，这一晃都两年多了，我不识数也知道花了几十万了，你哪儿还有钱买车买房？再说了，咱是老实人家，不能要别人家东西，不能霸道啊。”

母亲的话硬是将大哥逗笑了，大哥让母亲透过窗外看院里停着的那辆豪车，说：“妈，你放心吧，你儿子开霸道，人不霸道。”

我也在一旁说着：“妈，你就放心看病吧，钱的事你不用操心，我和大哥有钱。”

“明天送妈去县医院吧。”大哥和我还有二哥商量着。

“我这病啊！就是个无底洞。”母亲仍是怕花钱，自责着，“不要输人血蛋白了，让医生帮我把肚子里的积水抽出来，抽出来就好了。”

母亲住进了县医院，医生告诉我，母亲的各个脏器已经衰竭，没有多少时日了。

医生将母亲腹中的积水抽出去后，母亲又转为肺心脑病，神智有些不清了。

“给你爸找个老伴儿。”母亲忽然对我说。

一生小心眼，爱吃醋的母亲说出这句话时，不免让我有些吃惊：“妈，你说什么？”

母亲抓住我的手，乞求似的说：“答应我，我没了以后，给你爸再找个老伴儿。”

“别瞎说了，我不找。”父亲在一旁哽咽着。

“你不找，等我没了，你一个人咋过？”母亲望向父亲，“你跟着儿子闺女，会给他们添麻烦的。”

父亲不吭声了。

母亲说的是实话。父亲善良，但脾气暴，又爱抽烟喝酒，儿子和儿媳没有一个人喜欢他。若母亲没了，父亲跟着儿子们一起生活，不会落好的。

正说着，对面床上住着的一位老奶奶大声喊叫起来，一个五十多岁的女人听到喊声慌慌忙忙地从外面跑来。她将手中的东西放在床头的柜子上，抱着老奶奶坐起来，轻声又焦急地问："妈，怎么了？是不是要拉呀？来，我给你拿盆子。"

母亲看着眼前这个身材瘦小的女人，眼睛忽然亮了起来，她往前探了探身子，上下打量着这个女人，然后，试探着问："大妹子，大娘得的什么病啊？"

"脑出血。"女人一边帮老奶奶擦着身子，一边回答，"不过，我妈这病已经快好了，医生说过几天就可以出院了。"

母亲赞许地咂咂了两下嘴巴，又问："大妹子，你多大了？"

"五十六了。"

"有老伴吗？"

"老伴前几年出车祸死了。"女人爽快地答，"后来便没再找。"

"我给你介绍一个吧！"母亲听说这个女人没有老伴，高兴地说："我家老头子人可好了，他心眼好，对我也好，对孩子们，对村里人都好……"

女人忍不住笑了，转脸看向母亲："大嫂子，你怎么想起给你家老头子介绍老伴呢？"

"我活不了几天了。"母亲着急地说，"我死了，我老伴咋办呀？我看你把大娘照顾得那么好，我觉得你如果嫁给我家老头子，肯定能对我家老头子好，这样，我也就能安心闭眼了。"

"这个傻老婆子！"父亲又气又笑，一时不知该说什么好。

女人明显被母亲感动了，她看了看父亲，说："大哥，你真有福气，有这么好的老伴，什么事都替你着想。"

“不过，大嫂子，我不找了，我就伺候着我妈，给我妈养老送终就行了，我妈快八十了，她离不了我。”女人诚恳地对母亲说，“大嫂子，你好好养病，不要胡思乱想了，你会好起来的。”

母亲在医院住了十一天后，医生让我们给母亲买了寿衣，并给母亲办了出院手续。

母亲不行了。

母亲去世前的那些天，每天昏昏沉沉地念叨着给父亲找老伴的事。

我给母亲整理衣物，翻开柜子，里面是整整齐齐的八套新被子。

我惊愕了。

母亲种了一辈子的棉花，纺了一辈子的线，织了一辈子的布，最后给父亲做了八套被子，是等她去世后留给父亲娶老伴用的。

“妈，你真傻！”我摸着母亲的脸，眼泪滴到了她的脸上。

母亲伸出手给我擦着眼泪，说：“闺女，你哪儿都好，就是手拙，不会做针线活。我怕将来我没了，你爸挨冻呢。如果他找了老伴，咱得给你爸准备点彩礼。这几年，我攒了一万块钱，存折在炕席底下，密码是六个八，你找出来保管好，等你爸娶老伴时再给他，要不然他乱花了。”

“妈！”我实在控制不住，抱着母亲大哭起来。

“闺女，你离婚吧。”母亲忽然说，“闺女，妈不愿意你过这样的日子，妈知道你不属于这个村子，你应该去外面闯，你当年小，妈不放心你去各地，怕你上当受骗，现在你长大了，你不应该过这样的生活。”

母亲反复重复着当年“各地”的事，看得出，母亲觉得她耽误了我的前程。当年，我完全可以在编辑部任职或者在大学继续深造，但母亲怕我在外面受欺负，一直阻拦着不让我出去。十七岁那年，便把我许给了她的表弟，母亲说，这是亲上加亲。

“闺女，你离婚吧，离开村子，去过你自己想要的生活。”母亲看着我，我也看着母亲，使劲点了点头。

母亲有了精神，她忽地坐起来，喊着父亲的名字，说：“我要听评剧！”

父亲赶紧将柜子上的一个塑料盒抱过来，我接过盒子，问母亲要听哪一出。母亲答道：“《刘巧儿》。”

我打开盒子，不知所措。

盒子里是母亲收藏了半辈子的老得掉牙的磁带。磁带上面的图案和文字早没了痕迹，但每个磁带上面都放着一张纸牌，五十四个磁带，五十四张纸牌。

“妈，哪个是《刘巧儿》？”我为难地问。

“红桃二。”母亲答。

霎时我明白了，原来不识字的母亲也有她自己的内心世界。每一张纸牌都代表着一出评剧，除了母亲，没有人能够识得这些纸牌代表的曲目。

“巧儿我自幼儿许配赵家呀，我和柱儿不认识，我怎能嫁他呀。上一次劳模会上，我爱上了人一个呀，他的名字叫……吴晋安。”母亲哼唱着，忽然喊，“老头子，我爱你呀！这辈子我管你管得太严了，对不起啊。”

父亲也抱住母亲，放声大哭：“老婆子，我也爱你啊，下辈子， 我还娶你，你要记得我啊！”

父亲和母亲结婚时买的那台石英钟停止了转动，时针指向了午后的一点四十分。

第二十九章　婆婆

母亲去世后，整个村子被阴霾笼罩着，人们的影子像一张张纸片在街头巷尾飘荡，那么不真实。

大手的孙女因为卖淫被抓了；二崽的儿子开着大车去乌海拉煤，路上出了车祸；三奶奶家的二婶得了脑血栓；邻居家的左叔在地里干着活一歪头就倒下了。

村里的怪事一桩接着一桩，让人心慌。

不久，二哥也离开了村子，来到内蒙古达拉特旗，和大哥一起做生意。

家里，只剩下了父亲。

父亲没有再找老伴，他一个人照看着大哥的院子，二哥的房子，还有已经荒芜的吴家大院。父亲常常苦笑，当年无房可住，如今诸多空房却无人居住。

村里三天两头地死人，而且死的都是三四十岁的壮劳力。

爱玲的母亲也死了，她的父亲也死了。爱玲成了孤儿。

我的婆婆在我母亲去世后的第一个春节，郑重其事地和我说："孩子，你走吧，离开这里。你和我儿子离婚，我也不会怪你，我只有一个要求，你不是我儿媳了，还依然是我的闺女。"

我的婆婆和我的姥姥是亲姐妹。按辈分，我应该叫她姨姥姥。我的丈夫应是我的表舅。

当年母亲不让我出村子，担心我到了“各地”受欺负，便将我许给了村里一个小伙子。

母亲管我婆婆叫“姨”。我问母亲为什么管亲家母叫“姨”？

母亲告诉我：“你婆婆是你姥姥的妹妹，我当然得叫姨了。”

“那我们可是近亲呀！”我惊呆了。

“亲上加亲。”母亲笑眯眯地安慰我，“你看《花为媒》里，那不都是姑表亲、姨表亲吗？你这还远着一辈儿呢。”

近亲结婚在母亲心里没有概念，母亲没有上过学，不识字，她的世界里只有评剧传递给她的对美好爱情的向往和对自由的追求。

我结婚时正好二十岁。

婆婆很疼我，母亲常说我对婆婆比对她好。

婆婆三十八岁守寡，一个人拉扯着五个孩子，我和她的小儿子结婚时，她常感觉自己在做梦，让小儿子掐掐她：“宝儿，人家的姑娘怎么会嫁到咱家呢？你再掐掐我，我不是在做梦吧？”

宝儿告诉她是真的。

她说：“人家是大户人家的姑娘，人好，你可不能让人家受委屈。”

宝儿连连答应着。

嫁给宝儿我才知道，因为盖房子，家里欠下很多的外债。我除了写作，平时也养猪养牛替家里还债。

记得刚生下女儿菀菀那年的一个傍晚，婆婆抹着眼泪来到我家，我问她怎么了？

婆婆说：“刚刚在街上看到你大娘、三大娘、六婶都戴着银镯子和我显摆。她们有老伴，我没有……”

“妈，你明天帮我看着菀菀，我去趟县城。”我对婆婆说。

“去县城干什么？”婆婆看了看我怀里才四个月大的菀菀，有些不放心。

“文联开会。”我撒谎。

对于写作，婆婆是支持的，她听说我去文联开会，第二天早早地就过来帮我带孩子。

我出去了小半天，回来时，给婆婆买回来一副银手镯：“妈，戴上看看合适不？”

“哪儿来的钱？”婆婆愣住了，她没想到我去县城是为了给她买银镯子，她伸出手，我帮她把手镯戴上，她左看右看，抑制不住地惊喜，“这丫头，原来是给我买手镯去了，哪儿来的钱？”

我笑了，告诉她是我刚领的稿费：“您尽管戴着去街上显摆，别人有的，我会让您有。别人没有的，我也会让您有。”

婆婆听了这话，高兴地伸展着胳膊，露出两个亮闪闪的银手镯，迈出家门。

“我没有老伴，但我有儿媳，我儿媳给我买的银手镯，好看吧？”她在街上向人们炫耀着。

丈夫的二哥结婚后，婆婆便搬来跟我们一起住，这一住便是十年。

那是我一生中最美好的时光。

每天，我都会在厨房里飘出的香味中醒来，婆婆做好了早饭也不会喊我起床，而是让我睡到自然醒。

丈夫下地干活，女儿去上学，婆婆在菜园子里忙碌，我一个人在卧室里写作。

婆婆不识字，看不懂我写的小说，但是她会给我讲村子里的故事。

“咱们对门的那间破房子里，曾经住着一个疯子。她年轻的时候细柳腰身，可好看了，村子里很多小伙子都喜欢她。那时咱村子里有个教书先生，也是你们老吴家的人，应该是你一个叔伯大爷吧，他们两个好上了。但是，还没等结婚，你那个叔伯大爷就被打成了右派，死在牛棚了。不久，她便疯了。”

“还有咱们隔壁这家，是宝儿的一个叔伯大哥，是个瞎子，你还记得不？那个疯子疯了以后，你瞎大哥就每天给她烧火做饭，去照顾她。后来，村里将疯子送到养老院，并且给她找了个老伴，疯子不干，把那个老伴的被子给扔了出去。再后来没多久，疯子就死了。”

“你瞎大哥也离开了村子，不知道去哪儿了，只有逢年过节才回来。不过看样子混得挺好，看他白白胖胖的，也见多识广，虽然眼睛看不见，但是心里亮堂。”

“都说人活着，咋都是一辈子，可你不一样，你不应该在这个村子里做庄稼人。你看看这村里，每天出车祸的，得癌症的，脑出血的，脑血栓的，我看着都害怕。”

“你如果和我儿子离婚，我不会怪你，但我只有一个要求，你还要叫我妈，你永远是我闺女。”

我将头埋在婆婆的怀里，泣不成声。

婆婆抚摸着我的头，哽咽着：“孩子，你走吧，我不想让你这样活一辈子。你看，村里有本事的人走了那么多，村里没本事的人死了那么多，你忘了，曾经有风水先生说过，咱们村是个天坑……”

一语成谶。

村子里不断有人死去，吴代庄村成了远近闻名的癌症村。

当年去唐山收破烂的那些人赚了钱，都在唐山买了楼房，搬离了这个村子。

村子里只剩下那些老实巴交的庄稼人和像婆婆一样已是耄耋之年的老人。

第三十章　异乡

问我祖先何处来，
山西洪洞大槐树。
祖先故里叫什么？
大槐树下老鸹窝。

父亲是在母亲去世后的第六个年头迁居内蒙古的。父亲常说的是，七十岁的他在村子里算是长寿的了。

父亲不明白，为什么村里那么多人都死了，那么多的人啊……

春来的时候，玉兰花一排排开满整个村子，闻不到香味，从村东的炼油厂和橡胶厂飘来的黑烟吞噬了玉兰花的香。

父亲看着他熟悉的村庄变得如此陌生，不禁悲从心生。

玉兰谢败的时候，父亲终于妥协，跟随大哥来到了内蒙古，由我们兄妹三人轮流照顾。

“闺女，我要把户口迁过来。”那天吃着饭，父亲忽然对我说。

“为什么要迁户口呢？”我一愣。

父亲带着哭腔委屈地说：“你和你哥哥们都在内蒙古，就我自己在老家，我要和你们在一起。”

“现在我们不是在一起吗？”我知道父亲没有安全感，安慰他说。

"我说的是户口。"父亲又强调一遍。

我告诉父亲，我的户口没动，还在父亲的名下。不单我，大哥、二哥和孩子们的户口也都在父亲名下，父亲还是户主。

父亲不相信，说："别想骗我，户口本我带来了。"父亲说着去卧室，从包里翻出户口本打开看。

第一页是父亲，然后是大哥、大嫂、二哥和我以及他的孙辈们，父亲仍然是一家之主。

父亲有些愧疚，好像村庄没了是他的责任："老了，当不了家长了。我要把户主转让给你。"

我一下被逗笑了："爸，户主能够转让吗？再说了，我是女孩，转让的话也应该转给你大儿子才对。"

"可是，如果我没了，你的户口往哪儿放？"父亲的话一出口，我的眼泪便在眼眶里打转了。

我冲父亲笑笑，说："到时，我把户口迁到包头来。"

父亲呆住了，他瞪大眼睛看着我："你真的忍心不要这个村子了？"

继而，父亲像个孩子一样哭了起来："我最终还是要回去的，也许三年五年，也许十年八年，吴家坟是吴代庄村最好的风水宝地，它的名字叫先生家坟。"

父亲来内蒙古的第二年摔了一跤，导致脑出血，瘫痪在床。无奈之下我和哥哥们把父亲送到养老院请了护工帮忙康复。

最初，我去养老院看望父亲，父亲都会问我："什么时候带我回老家？"

每次我都会告诉父亲，等他好了。

父亲知道自己好不了了，后来便不再问了。

父亲的记性越来越差了，因为在父亲的床头贴着一张纸条，上面写着“河北省唐山市滦南县扒齿港镇吴代庄村”父亲便以为这里就是他的家。

“那些老伙计们都老了，你看看哑巴叔，再看看隔壁刘大，都老了。”父亲自言自语着，“南街的凤姑说来给打井队做饭也不来了，是怕你妈吃醋吧？你妈去哪儿了？说去你姥姥家，都走了好几天了，怎么还不回来？”

“和平，我不是故意的，你要皮球，我再给你买一个，但是你回来呀！”父亲念叨着。

我问和平是谁，父亲说是他五岁的弟弟，“我是老大，和平是老二，他比我小两岁。”

原来，父亲七岁那年带着弟弟在外婆家住，那年夏天，外婆村里来了一个卖货郎，父亲从卖货郎那里买来一只皮球。

中午，和平趁父亲不注意，偷偷拿上皮球跟着大他一岁的表哥去池塘里洗澡，两个小孩在河里嬉戏，皮球漂走了，和平去追，谁知一脚滑下去，沉到水底再也没有游出水面。表哥吓坏了，一个人悄悄藏在麦秸垛里，直到天黑了家人才找到他。

当父亲和奶奶发现和平不见了的时候，和平的尸体已经浮了上来。奶奶气坏了，拿起棍子劈头盖脸地打父亲，父亲不知所措，他不知道一只皮球竟然会要了和平的命。

这么多年，父亲从来没有和我们提过这件事，父亲说他这次梦到和平了：“和平长得高高的，好帅呀！我问他结婚没有，他说他结婚了，儿子都长大了。我问他过得好不好，他让我不要担心他，他过得很好。”

父亲梦见弟弟了，五岁的弟弟是埋在父亲心中永远的痛，“那个中午怎么偏偏就来了一个卖货郎呢？如果不是因为我买了一只皮球，和平就不会死。还有那个表哥，如果他不是躲起来，而是跑回家送信，和平也不会死。”

“都是我不好，都是我不好。”父亲说着，呜呜地哭了起来。

我最后一次去看望父亲时，父亲已经不认得我了，痴呆的他目不转睛地望着我，像极了我出生三天时，目不转睛望着我的太奶奶。

我忽然想起了那只白狐。

在千里之外那个早已荒芜的吴家大院里，那只老得忘记了自己年龄的白狐，现在怎么样了？

父亲是在二〇二〇年的六月五日去世的。去世前他的手里紧紧握着床头那张写着他家庭住址的纸条——河北省唐山市滦南县扒齿港镇吴代庄村。

父亲什么也没给我留下，除了那个没有了户主的户口本。

附：

父亲在异乡的最后几年

一、二〇一六年三月

不知为什么忽然梦见了父亲，梦见父亲满脸忧伤地对我说：“老了，腿脚不便，只能靠你们了，不要嫌弃我。”我抱着父亲哭了：“爸，以后我每天给你洗脚。”醒后惊觉是梦，父亲来内蒙古已经二十多天了，按当初的约定，再有一周父亲就要来我家住了。

故乡对于我来说是心底不能碰触的最柔软的部分，对于父亲呢？当七十岁高龄的他终于答应跟着大哥来内蒙古定居，由我们兄妹三人轮流照顾时，他那份决心和无奈是否还分得清故乡和家乡呢？

母亲去世了，我和两个哥哥定居内蒙古，他们在鄂尔多斯，我在包头，我们买了无数套房子就是要接父亲来住，父亲每次寒暑假过来住段时间便嚷嚷着要回去。“城市不好住，没个邻居，连个说话的人也没有。”

父亲善良，但是脾气暴，小时候两个哥哥不听话没少挨父亲揍。母亲去世后，父亲偷偷和我说，如果当时多生两个姑娘就好了。我知道父亲担心哥哥们不养他，我说不怕，哥哥们都秉承了父母的善良，亲生父亲，他们不会记仇的。

父亲坚决不和我们同住，而是一直独自居住在老家，和租住院子的工人在一起。我和哥哥们每月给父亲生活费，父亲嗜好抽烟喝酒，钱仍花不了，便偷偷买了养老保险。直到保险到期钱仍花不了，父亲这才放心了，说："我的儿女就是我的养老保险，我存的钱将来给我孙子吧。"

父亲有五个孙辈，每个人都听到过他的承诺，"爷爷有钱，爷爷存下的钱等你上大学时给你。"两个孙女一个大学毕业，一个在读，父亲的存折仍在我这儿。"等你们考上大学，爷爷存的钱就给你。"父亲依旧和孙辈们这样说。

小时候父母带我们看露天电影《墙头记》，当看到年近八旬的张木匠因两儿不孝、两媳不贤，遭百般虐待被推上墙头时，母亲说："闺女，等我们老了你也在我的夹袄里缝些纸片，跟你哥哥们说我们有钱，这样他们就会抢着赡养我们了。"

父母一直没有钱，经历了唐山大地震，随后父亲又得了肝硬化从滦南辗转送到唐山医院治疗。

一九七九年，我五岁，那个秋天的夜晚，父亲吃完晚饭忽然趴在炕上，汗珠如爆裂的黄豆滴下，疼，他说疼。昏黄的煤油灯下，我吓傻了，哇哇大哭，母亲找来叔叔们连夜将父亲送到滦南医院。从村子到医院三十多里地，没有路，不通车，母亲背起号哭不止的我，带我去滦南找父亲。

体弱多病的母亲背着我走了一夜，终于在天亮时走到了滦南县城，到了医院门口，母亲便瘫倒在了地上。医生说父亲得的是肝硬化，滦南医院条件有限，无法治疗，已经转到唐山医院去做手术。父亲转院时说没有钱，不要去了，只让医生转告家人："无论如何，要见我闺女一面。"

母亲又背我回来，告诉爷爷，父亲可能过不了这个坎了。爷爷和三爷爷敲锣召集族人开会，每家捐款十元，筹钱为父亲治病。因为平时父母行善，在村子里口碑好，一天工夫，不但族人，村里家家户户都卖鸡卖猪捐钱为父亲做手术。

那夜，老叔赶着毛驴车，带着我和母亲去唐山给父亲送钱，六十里的土路，颠簸中我睡着了，几次被颠下毛驴车。母亲心急火燎，我掉落在田里她也未察觉，险些把我丢了。每次都是叔叔发现我不在了，赶着驴车原路返回寻我，把熟睡的我抱上车，再接着走。

父亲手术前，我们终于赶到了病房，见到父亲的那一刻，我远远地扑过去抱住父亲的脖子再也不愿松开。

父亲手术成功了，同病房的四个病人只活下父亲一个。因为钱少，父亲手术时没让医生打麻醉药，硬撑着让医生掰断了肋骨，将坏死的肝脏切掉了一部分。

父亲奇迹般地活了下来，医生告诫他不能再喝酒。父亲说："我这辈子最爱两样，一是喝酒，二是我闺女。"医生说："喝酒伤肝。"父亲说："喝酒伤肝，不喝酒伤心，怎么办？"医生被父亲给逗笑了，父亲是他一生中见过的最坚强也是最开朗的病人，他和父亲结拜为兄弟，从此两个人常互相走动。

父亲没戒得了酒，母亲也没能攒下钱，两个哥哥盖房结婚花光了父母所有的积蓄，父亲卖牛、卖牛车、卖依赖了一辈子的打井机器，给了哥哥们每人一个家。我也因此辍学，即使后来被唐山师范学院破格录取也瞒着家里，再也不敢想上大学的事情。

哥哥们善良，对父母孝顺，父母放心了，日常生活及生病住院我们兄妹都是抢着出钱，母亲最后病重的几年每年都需要几万的治疗费，我们从来不提谁出钱多少，只是争抢着往母亲的卡上打钱。

母亲最终还是走了，苦了一辈子的母亲留下一张一万元的存折："谁也不给，给你父亲留着。"母亲的遗愿是让我帮父亲找个老伴，"我一辈子和你父亲不和，他应该找一个和他脾气相投的人。”母亲说。

母亲离开四年了，父亲一直没找。哪儿有合适的呢？父亲说：“我抽烟嗜酒，除了你母亲，谁能容得了我？”争吵了一辈子，父亲恍然大悟，原来母亲才是最适合他的人。

母亲走了，我们很少回去了。只是经常把父亲接到内蒙古来住。父亲住上一段时间就厌了，楼房不好住，父亲说，左邻右舍没个能说话的人。

这两年，村子里的老人陆续去世了，父亲很孤单，再加上他的腿患上了风湿，行动不便，古稀之年的父亲终于答应来内蒙古定居了。大哥开车往返两千多公里把父亲接到了他那儿，我和二哥商量让父亲轮流住吧。喜欢在谁家住就多住几天，不喜欢就少住几天,父亲是我们三个人的父亲,不能只住在大哥家。

父亲带来了他所有的财产——两只鸟儿。每天早上父亲都会听那只鹦鹉带着滦南味的叫声：“吃饭了。”父亲再也没提过那张存折的事。我们的故乡仍是父亲的家乡，父亲说：“将来我还是要回家乡的，可能三五年，也可能十年八年，吴家坟是吴代庄村最好的风水宝地，它的名字叫先生家坟。”

二、二〇一八年八月

父亲迁居内蒙古迄今已近三年了。这三年里，父亲丢掉了他的鸟儿，丢掉了他的家园，唯一没有丢掉的是那份乡愁。

每隔两个月，我就会把父亲从黄河南接到黄河北，然后过上一段隐居的生活。

父亲在黄河边小住的日子，不多话，也不远走，只窝在小屋里，躺在床上，将收音机的声音开到最大。不，应该是录音机，是母亲去世时遗留下的一台老旧的录音机。录音机里循环播放的是靳文然的乐亭大鼓，有时是《打金枝》，有时是《老来难》。这并不是当年母亲爱听的曲儿。

“老来难，老来难，劝人莫把老人嫌。当初只嫌别人老，如今轮到我面前。千般苦，万般难，听我从头说一番。耳聋难与人说话，差七差八惹人嫌……”曲声刺耳，歌词更伤心，耳聋的父亲并不觉得。

父亲老了，老了的父亲越来越像当年走路蹒跚耳聋眼花的祖母了。父亲时常犯糊涂，却独记得每月初六搬家的日子：这个月要去老大家了,下个月要去老二家了……每到初六的早上，父亲就会早早起来穿戴整齐，给下一个轮值的儿女打电话：“几点来接我？”父亲很固执，早一天晚一天都不行……

父亲搬家时随身携带的只有一个装衣服的旅行箱和一只带指甲刀的钥匙环。轮流在儿女家居住的父亲是没有属于自己的家门钥匙的。虽然每次父亲来，我都会将大大小小的钥匙塞给他，但是每次搬走时，他都会把钥匙摘下来，悄悄地放在床头最显眼的位置。

父亲是从农村来的，父亲没有退休金，农村老人六十岁以后每月可以领取五十块钱的生活补助。是的，五十块钱。即使是五十块钱，父亲也珍惜着，将那五十块钱看得很重，他将那银行卡藏在破旧的钱包里，将钱包塞在枕头下。有一次，糊涂了的父亲找不到那张银行卡了，忽然跑到我面前，像个孩子似的带着哭腔说：“我的银行卡怎么没有了？我的卡上有一千多块钱呢。”

每月五十块钱，父亲是舍不得花的，父亲攒了三年，攒了不到两千块钱。“我要留着，留着等有一天老了……”老了是什么时候呢？父亲望着窗外，望着故乡的方向，想不清楚。老了，就是能够回到家乡，和逝去的亲人团圆的时候吧？

“上个月你大叔死了，一早上醒来忽然就死了，说是心梗……”“对门那个老实巴交的左叔，干着活就死了，上个月……”，“左邻右舍你还记得不？村里那个刘婶，刘婶还有她儿媳，都是癌症，肺癌……”“我的那些老伙伴们啊，没了，都没了……这几年村里的年轻人一半都搬走了，剩下的又有一半是癌症……我算是长寿了……算是长寿了的……幸好我搬了出来，幸好……”

父亲常常像是和我唠叨，又像是自言自语。在父亲自言自语的时候，我也常常想起儿时的万亩林场；想起槐花飘香的初夏；想起我青梅竹马的小伙伴；想起我懵懵懂懂的初恋。但是在岁月的长河中，那些美好的记忆宛如昙花一现。万亩林场没有了，造纸厂的污水肆意漫延；槐花飘香的初夏没有了，炼油厂的黑烟包围了整个村庄；我青梅竹马的小伙伴在去青海拉煤的途中突遇车祸；我懵懵懂懂的初恋对象，此时还在阴霾下艰难地生活……

是的，相对于村里人来说，父亲是长寿的，但自称长寿的父亲年龄也不过七旬，而七旬的父亲生活已不能完全自理了。父亲患有脑梗，腿脚不便，常常大小便失禁。每次拉了、尿了，他都会悄悄地擦洗床单、马桶，一遍又一遍地冲洗身子。当我去帮忙时，父亲总是觉得很尴尬：“老了，真是老了。”

父亲近年肺心病严重，说话没了底气，每到夜里就会不停地咳嗽。我害怕父亲出意外，夜里听着对面屋里的咳声不敢睡觉。若哪天赶上父亲不咳嗽了，我更是会吓出一身冷汗，时不时要推开门在黑暗中轻唤一声父亲。父亲还经常摔跟斗，记忆力明显下降。

据说，吴家大院有个白狐狸，已经几百年了，老得糊涂了，所以太奶奶、三爷爷最后都是老年痴呆。我们举家迁出来，吴家大院已剩残垣断壁，白狐狸心无安处，父亲说：“我们这一辈儿年纪最大的就是我了，白狐狸会来找我的吧？我也是老年痴呆了……”我想带父亲去医院，父亲不肯，“我是外来人，我在异地没医保，我是不能住院的，不能治疗的，我是不能生病的……”说到最后，父亲红着眼睛，和我急了。

在父亲眼里，他的儿女们各不相同。但是他的女儿应该是受着上天庇佑的，是他的菩萨，更是许多人的菩萨。“帮帮村里那个谁谁谁吧，看她从小没了母亲，挺可怜的……”“刘家老二现在一个人了，又得了脑血栓，你看……”“我们的吴家大院啊，你爷爷的大院啊，我们的村子，姓吴，你写吧，写写吧……”

父亲说来说去无非是一句话：帮帮他们。在父亲看来，他的女儿活得完美、自由、随心，不但具有点石成金的本领，更可以让父亲活得随心。“能够和儿女们住在一起就是幸福哦，我不去养老院,你们送我去养老院我就死了……养老院是监狱，不是家……”

可是父亲不知道，哪里有百分百的完美和自由呢？哪里有不愁衣食想怎么活就怎么活的菩萨呢？只不过在爱人与父亲的天平上，浪漫与父亲的天平上，梦想与父亲的天平上，父亲更重一些而已。而父亲的心安是她的女儿牺牲了爱人、浪漫、梦想为父亲创建的一个家。

那夜，我梦见我也老了，故乡的天是蓝的，云是白的。儿时伙伴们的笑声穿透云端。我梦见我回到了故乡，我在祖父的老宅子上建起了一座书院。依然和几百年前的吴家大院一样，古朴的宽敞的吴家大院，全村的孩子们都在书院里玩耍。

醒来，我忽然做了一个决定，我给故乡的闺蜜打了个电话：“爱玲，帮我把我们小时候玩耍的老院子买下来，砖厂剩下的那十万青砖你给我留下……”

三、二〇二〇年二月

今冬的雪下了一场又一场，将父亲的乡愁彻底埋葬了。

父亲住在达拉特旗官牛犋养老院的一间病房里，他时常拄着拐杖站在床前向外眺望，浑浊的眼睛努力分辨着窗外的景象，回想着现在到底身在故乡还是他乡。

护工阿姨小心翼翼地推门进来，她手里端着两碗小米粥和两碟小菜，那是父亲和室友的晚饭。

应该是晚上了，父亲心里知道。午饭有菜、有肉、有馒头和米饭，晚饭是小米粥、火腿肠还有咸菜。

雪还在下着，父亲想着地里的庄稼应该都收完了吧？麦收后秋玉米种得晚，十年得有八年被霜打了。隔壁刘二拐家的大白菜不知道收了没有，这样的大雪，那绿生生的白菜怎么能扛得过去呦。

父亲想掏出手机给刘二拐打个电话，可是，手伸进兜里，半天却什么也没掏出来。

护工阿姨把饭桌摆在父亲的床前，拿起勺子开始给父亲喂饭。父亲闭着嘴巴不吃，护工阿姨轻声问父亲，“怎么了？”父亲抬起头，急切地说：“我自己会吃，你去告诉刘二拐一声，那二亩白菜赶紧收了吧。”护工阿姨望着父亲，叹了口气，说：“好好好，我这就去跟他说。你先把这碗粥吃了。”

这段时间，父亲常常做梦，梦里都是他在故乡的事。有时候他从梦里惊醒，便会朝着同室的室友喊：“贱头，贱头，快点，你爸被车撞了，快点跟我去看看他。”

同室的室友是个智障，五十多岁。任凭父亲怎么喊，他也不睁眼，不说话，呼呼地睡着，嘴角流下一堆哈喇子。父亲急了，想起身去拉他，谁知一骨碌，便掉到了床底下。

父亲痴呆越来越严重了。四年前，我把留守的父亲从老家接到包头，想陪他安度晚年。

可是前年冬天，父亲因脑梗摔了一跤，导致脑出血，在医院治疗时，医生说父亲脑出血，脑梗、小脑萎缩严重，估计活不过春天的。

出院时，父亲已瘫痪，大小便不能自理。我和哥哥们商议后，把父亲送到了离大哥家不远的达拉特旗一家养老院，请了专业的护工帮助照料、康复。

送父亲去养老院时，父亲像个孩子，躲在我的怀里瑟瑟发抖。“我不去养老院。”父亲口齿不清地说，“我可以开小汽车去买菜，我可以自己做饭，我可以一个人住。我才七十岁，我还没老……”

父亲依然抱着幻想，幻想他会好起来，还能像在故乡一样开着他那辆红色小汽车拉着乡亲们到处跑。而我只能将父亲的幻想打灭，我和他讲奶奶的死。

当年，奶奶也是因为摔了一跤，导致脑出血，回到家躺在床上无法进食，熬了四十五天后去世的。父亲现在的情况和奶奶一样，如果没有专人护理，就如医生所说，父亲是熬不过春天的。

我有时候庆幸父亲痴呆了，或许痴呆越重乡愁便越少了吧。

关于遗传病，家族里有一个很神秘的传说。据说，吴家祖上有一只白狐，已经老得什么也不记得了，所以，家族里每一代都会有一个老年痴呆的人。我的太奶奶是老年痴呆，我的三爷爷是，我的父亲如今也是。“你三叔在城里上班，有本事。你二叔和你老叔从小可怜，是我吧，等老了痴呆的是我。”父亲早有预言。

送父亲到养老院的当天，护工阿姨把父亲从床上背起来，让他站立。父亲如柴的双腿直直地戳在地上，像是从地里长起的两棵细细的小树。他的眼睛同样直直地望着护工，父亲的眼神让我想起荒漠里的沙蓬草。

“儿呀，等我好了你会接我回去吧？”我使劲点点头，“儿呀，等我好了，你要带我回老家……”我再次用力点点头。那一刻我相信父亲能活，求生的欲望可以化成无尽的力量。

一周后，再去看父亲，父亲竟然在护工的帮助下，奇迹般地站了起来。虽然走路需要拄着拐杖，并由护工搀扶，但父亲终于站了起来。

看得出，父亲很依赖这个护工。在养老院的日子，父亲听护工的话，戒了酒，生活饮食都变得规律了，性格也温和了很多。父亲在慢慢地好转起来。我想，一切都有希望。

因为护工的缘故，父亲逐渐习惯了在养老院的生活。我每次去看望父亲，父亲都会和我念叨护工的好。有时候见我偷偷塞给护工一些钱，父亲会佯装生气地说：“怎么你老给她钱呢？”我笑着问父亲：“她对你不好吗？”父亲害羞地跟着笑了，说：“好，她每天给我端屎端尿，比你妈对我还好。”

熬过了一个春天又一个春天，父亲的病在加重。再后来，父亲彻底站不起来了。

最近一次去看父亲是元旦过后不久，大美回来了。我带大美去看望父亲。

推开门的刹那，在床上昏睡的父亲猛然醒来，他看到我，瞪大眼睛，好似不认识我一样。他转头看到大美，咧着嘴笑起来，笑得眼睛里都溢出了眼泪。

我把父亲扶起来，让他在床边坐好，又拿出带来的橘子、香蕉和大果子给他吃。当我拿出香蕉给同室的室友时，我发现，人换了。父亲的室友不是之前那个了。

“那个人呢？”我问父亲。“死了。”父亲边吃着橘子边答。“什么病？”我又问。“呼吸衰竭。”父亲答着。“你没怕？”我正想着怎么安慰父亲，没想到父亲竟然笑了：“我帮他料理的后事。”父亲年轻时胆大、仗义，到老了仍是。我想。

父亲的窗外不时有老人走过，拄拐的、坐轮椅的，他们满脸的褶皱和空洞的眼神让我不寒而栗。

此时，门开了，一个小个子老头走了进来。他的脖子上有一个碗大的肿瘤，半边脸上分不清是紫色的胎记还是结痂，鼻子里流着鼻涕和血丝。

父亲见了他，乐了，用滦南话问：“老伙计，这半天没见你，你去哪儿了？”小个子老头不说话，笑眯眯地坐在父亲的床边。

“大果子，家乡的味道。”父亲手里拿着大果子，往这个老头嘴边递了递，又缩了回来，将果子放入自己嘴里，咬了一口。

我给了这个老头几个橘子和一块果子，他伸出双手捧着，冲着我笑。原来是个哑巴。“三头他爸被车撞了，哪天咱们去看看他吧。”父亲一边吃，一边冲哑巴说。

我有点跟不上父亲的思维，追问：“三头是谁？”“他嘛。”父亲指着对面的室友说：“咱们村的三头你忘了，小时候老去找我大儿子玩。”“他爸被车撞了。”父亲又冲哑巴说。

哑巴只是吃，只是笑。

“哑巴和我可好了，我俩从小一起玩，到现在也没玩够。”父亲又指着哑巴冲我说，“小时候我俩老去生产队里偷玉米。”

我忽然明白了，“他爸被车撞了”是母亲去世前做的一个梦。母亲梦见父亲被车撞了，昏迷的她忽然从梦里醒来，发疯似的抓住我，说：“快去看你爸！你爸被车撞了！”而“哑巴”

是村里去世多年的一个老头，是父亲的老邻居。

父亲完全痴呆了，父亲把养老院当成了他的村庄。我悲从心生，眼泪一下涌出来。父亲忽然停下来，望着大美问："你妈呢？"我再也忍不住了，哭着抓住父亲的手，问他："我是谁？"

父亲好似不明白为什么一个陌生人会在他面前哭，他愣住了，瞪大眼睛打量着我，努力在回忆着："你是不是隔壁那谁家的那个谁？谁？我忘了……"

父亲从我紧握着他的双手里挣脱出一只手，颤抖着用手轻轻挠着头顶。父亲四五十岁时便谢顶了，但四周剩下的头发乌黑，没有白发。

"她是谁？"我指着大美问。父亲看了看大美，乐了："我外孙女。"父亲竟然记得隔辈人。"我呢？"我又问。父亲实在想不起来了，他像个做错事的孩子，把果子攥在手里，不停地揉搓着，不敢再吃。

父亲的床头上贴了一张表格，上面详细地记录着父亲的姓名、出生年月、老家的地址、养老院的地址和入院时间。监护人一栏写着大哥和二哥的名字及电话。父亲忘了我。尽管我每月都会去看望父亲，去给他缴费。但是父亲仍然忘了我。

"你忘了小时候趴在你背上跟你去扭秧歌的姑娘了吗？你忘了你来到包头要把户主转让给你姑娘了吗？你最疼的人是我呀！你怎么就忘了呢？"我佯嗔道。

"你是我姑娘？"父亲恍然大悟，终于想起来了，他抱歉地望着我，说："老了，老糊涂了。都九十多岁了，能不糊涂吗。"

"爸，你多少岁？"我惊诧。

"九十多了。这养老院不都是九十多的吗？"父亲重复着说，"都是没用了，等死的人。"

"爸，你是一九四七年出生的，你今年七十三岁。"

“你说啥？”父亲一惊，手中的果子掉在了地上：“我是一九四七年出生？”

“对呀，你看看，这个表上写着呢。”我指指床头。

父亲将目光投向床头的表格，家庭住址一栏写着父亲的村庄：河北省唐山市吴代庄。出生年月一栏写着：一九四七年八月十七日。“不！”父亲像遭到电击一般战栗起来，“不可能！不可能！一定是他们弄错了！”

哑巴不知道发生了什么，还在一旁吃着果子，笑眯眯地看看我，再看看父亲。

父亲喃喃自语着：“不可能，我已经九十多岁了，我是等死的人了。”

我不知所措。

父亲忽然抓住我的手：“我要回吴代庄，九十多岁我等不到了，我梦见我死了，我死了……”父亲歇斯底里般吼叫着，他推开我，向后一仰，躺倒在床上，“我大儿子来了，我小儿子来了，我孙子孙女们都来了……”

父亲躺在床上，喃喃着：“我……我要死了。”我仿佛看见亲戚朋友从四面八方赶来，父亲的声音不知道何时被刺耳的唢呐声淹没了。

许久，父亲睁开眼，四处寻找着什么。他看见在距吴代庄千里之外的达拉特旗养老院的一间病房里，有个五官很像他的姑娘，蜷缩在他的身边，无助地哭泣着……

四、二〇二〇年六月

二〇二〇年六月五日清晨，父亲在达拉特旗官牛犋养老院病逝，六月六日回到故乡，安葬在先生家坟。父亲终于如愿回到了故乡，而我却彻底成了孤儿，在世间继续流浪……

后　记

文 / 水孩儿

记得那是2016年的初秋，我去医院体检时，医生说我患了癌症，医院找了专家做病理切片，同时让我回家等消息。

那几年喜欢喝酒熬夜，自已身体出现的某些状况自己也有所察觉，当医生给我判了死刑，我的心里并未起多大波澜。

回家等消息的那一周，我开始瞒着所有人悄悄安排自己的后事。我的眼角膜没有问题吧？可以捐。我的心脏也没有问题吧？也可以捐，还有肾脏，肝脏，甚至皮肤……我的遗书里面将自己还能够发挥余热的器官全都捐献了，包括自己的遗体，最后想起今生唯一的遗憾就是，未能为我的故乡写一部书。

七天后，检查结果出来了，医生告诉我是误诊，那一刻，我像是获得了重生，也是在那一刻，为故乡写一部书的愿望又深入我的骨髓。

2017年，父亲来到了包头，父亲每每喝完酒，都会抱着我痛哭，“女儿，你一定要给咱们吴代庄村写一本书，咱们的村子是老祖宗留下来的，咱们的村子姓吴。”

村子名为吴代庄村，三里五村的人有叫它代庄的，也有叫它吴家代庄的。从我记事起，爷爷就常给我讲起村子的来历。

姓代的是坐地户，但吴家祖上出了个鼎鼎大名的人物吴凡，村子便成了老吴家的。

吴姓，和代姓，是村里的两大户。自从太爷爷假传圣旨，吴家败落下来，姓代的便一直想居于吴家之上。

1976年，一场举世震惊的唐山大地震将村子变成一片废墟，吴姓和代姓开始联姻，并携手共建我们的家园——吴代庄村。

“大眼沙，茅子草，金枝狗子真不少“。贫瘠的土地和突如其来的灾难让人们只有一个愿望就是活下去,只要能活下去，只要活着就好。

那时候，家家户户都希望有一个女儿，因为女儿可以给儿子换亲。我小时候母亲也是希望我能够给二哥换亲的，我也非常乐意能够给二哥换一个媳妇。不过，二哥从小优秀，初中毕业就订婚了，我的这个愿望也就没能实现。

大哥是我心中的英雄，母亲身体不好，父亲在外上班，大哥早早辍学担起了家庭的重任，我和二哥是在大哥的庇护下长大的，我们天不怕地不怕，总觉得天塌下来，有大哥顶着。

2002年，大哥迁居内蒙古，我和二哥也随着大哥分别在包头和达旗落户，而那个时候起，污染企业进驻了我们的村子，吴代庄村逐渐成了癌症村。

母亲是在2011年去世的，母亲去世时，只有63岁。

母亲去世后，我的舅妈也去世了，舅妈去世时，只有60岁。

再后来，村里很多人都去世了，他们有的60多岁，有的50多岁，有的才40多岁。

父亲在我和两个哥哥的劝说下，于2017年迁居内蒙古，离开了他的家乡。父亲常说的一句话是，他在家乡，算是长寿的了。

和我们一样，村里很多人都搬离了村子，在县城和市里买了房子，我们的孩子们更是凭自己的努力在外读大学，读硕士，读博士，彻底离开了这个村子。

但是，还有一些父老乡亲在这片土地上坚守，耕耘。包括我已经九十岁的婆婆。

父亲是在2020年去世的，父亲只有一个遗愿就是让我为村子写一本书。父亲去世时，是在达拉特旗的一家养老院里，他的手里握着一张写有家庭住址的纸条：河北省唐山市滦南县扒齿港镇吴代庄村021号，这是地震后爷爷盖起的新房，迄今已经46年了，是我这部小说中的吴家大院。

去年10月，我被封莆田，用三十八天的时间完成了《忽然而已》和《东家火西家烟》两部作品。去莆田的前一天，我梦到母亲哭着对我说，让我回故乡。醒来后，我哭着下定决心，再不回故乡。

2021年10月6日那天，是母亲去世十周年的日子，那天我的人生中发生了一件大事，让我彻底改变了我的想法。

我在妈祖庙许愿，我还是会回去的。成仙成佛且成人。多年以后，我会在我的故乡建一座庭院，它的名字仍然叫做吴家大院。

2022年10月29日

于内蒙古包头